一个爱尔兰城市的肖像

SHIJIE SANWEN JINGPINJI

一滴清水，可以折射太阳的夺目光辉；一本好书，可以滋养无数的美丽心灵。本丛书共收录了多位文学大家的经典力作，涵盖了人生、亲情、友情、感恩、审美、励志、成长、成功等多个热点话题。细细品味，点燃智慧的澄净心灯；慢慢诵读，开启人生的芳香之旅……

本书编写组◎编

世界
散文
精品集丛书

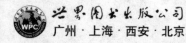

世界图书出版公司

广州·上海·西安·北京

图书在版编目（CIP）数据

一个爱尔兰城市的肖像/《一个爱尔兰城市的肖像
》编写组编 . —广州：广东世界图书出版公司，2010．8（2021.5重印）
ISBN 978 - 7 - 5100 - 2620 - 1

Ⅰ．①一… Ⅱ．①一… Ⅲ．①散文 - 作品集 - 世界
Ⅳ．①I16

中国版本图书馆 CIP 数据核字（2010）第 160317 号

书　　名　一个爱尔兰城市的肖像
　　　　　YIGE AIERLAN CHENGSHI DE XIAOXIANG
编　　者　《一个爱尔兰城市的肖像》编写组
责任编辑　张梦婕
装帧设计　三棵树设计工作组
责任技编　刘上锦　余坤泽
出版发行　世界图书出版有限公司　世界图书出版广东有限公司
地　　址　广州市海珠区新港西路大江冲 25 号
邮　　编　510300
电　　话　020-84451969　84453623
网　　址　http://www.gdst.com.cn
邮　　箱　wpc_gdst@163.com
经　　销　新华书店
印　　刷　唐山富达印务有限公司
开　　本　787mm × 1092mm　1/16
印　　张　13
字　　数　160 千字
版　　次　2010 年 8 月第 1 版　2021 年 5 月第 9 次印刷
国际书号　ISBN　978-7-5100-2620-1
定　　价　38.80 元

前 言

　　优秀的散文作品，总是能激发读者丰富的联想。阅读则像蛋的孵化，想象力一旦破壳而出，就会冲天而去，不知所终。同样的道理，一个好的散文选本，也会给读者的联想，增添比较的乐趣。相信本书的读者都会享受到各自的阅读乐趣。

　　世界各国文化的发展不会是平衡的。一个国家的散文总是会展现出它独特的文化品格。法国散文的漫不经心，从容浪漫的气息氤氲着智慧，在严肃的话题中探出调皮的味道，常使作者联想起某些中国的古典散文。日本民族在与外来强势文化的融合与排拒中，形成和保有自己的文化，执著的底色，极致的境界，暧昧的情调，在日本散文中展示得充分而自然……

　　为集中展示外国散文名家的创作风采，我们邀请部分学者、译家，精心遴选世界各国的名家佳作，荟集成了这套外国散文丛书。我们以历史上确认的，具有历时性和普适性影响的著名作品为入选的标准，这些作品曾经滋养哺育了一代又一代的人，可以说是全人类各民族人文文化的结晶和集中体现。

一个爱尔兰城市的肖像

　　本书取材广博，选文典型。如能认真阅读和深入思考，定能让古人的哲思睿智滋润你的心灵，让你看透人生的迷雾，使自己在今后的生活中变得洞察世事，人情练达，从而走向更加成功和灿烂的辉煌明天。

　　在编撰过程中，由于受资料和学识所限的缘故，书中肯定会有失当和不足之处，欢迎广大读者提出建议和批评，以便将来再版时采纳和改正。

世界散文精品集丛书

目 录

一个爱尔兰城市的肖像

世界散文精品集丛书

作者简介 ❖

夏勃布里昂

（1768－1848）

法国作家。其主要作品有《纳切兹人》、《美洲游记》、《墓畔回忆录》等。

秋天的快乐

季节越是萧索，越是与我息息相关：白霜增加了往来的困难，乡下的居民于是独处一隅，因为离群索居让人感到更舒服。

秋天的景物关联着一种精神特征：树叶脱落仿佛我们的岁月，鲜花凋零仿佛我们的时刻，流云飞逝仿佛我们的幻想，光亮渐暗仿佛我们的智力，太阳变冷仿佛我们的爱情，河流冰封仿佛我们的生活，这一切都和我们的命运有着隐秘的关系。

我怀着一种无法形容的喜悦看着暴风雨的季节回来了，天鹅和野鸽飞走了，小嘴乌鸦又聚集在水池边的草地上，入夜时分栖息在宽阔的槌球场边最高的橡树之巅。当黄昏在林间升起近乎蓝色的水气，当风在枯萎的青苔上悲叹或吟着小诗，种种与我性情相合的感觉就一齐涌上心头。要是我遇见了一位伫立在休闲的田头的农夫呢？我就停下脚步，端详起这个人，他在谷穗的掩映下出生，他也应在谷穗的掩映下死亡，他用犁铧翻动着坟墓的土，把滚烫的汗水滴进秋天冰冷的雨中，他挖出的沟正是他身后的纪念。对此我的守护女神又能做什么呢？她用魔法将我带至尼罗河畔，指给我看掩埋于沙石之中的埃及的金字塔，一如阿里莫里克的犁沟有朝一日隐藏于欧石南根下，我不禁庆幸已将有关我的至福的种种神话置于人事的圈外。

晚上，我独自登船，在池塘上穿行于灯心草和睡莲的巨叶之间。那儿，准备离开我们这里的燕子已经会合，呢喃之声全都收入我的耳中：儿时的塔佛尼埃也不会对一位旅行者的记述这般全神贯注。落日中，这些燕子在水面上嬉戏，追逐昆虫，一齐冲上天空，像是考验它们的翅膀，然后又向湖面俯冲，接着就立于芦苇之上，芦苇只是微微弯了弯，而杂乱的叫声则响成一片。

告别贡堡

两个月过去了，我又只身回到我出生的岛上，维尔纳福刚刚在那里去世。我去她咽气的那张简陋的空床前哭她一场，瞥见了那辆小藤车，我就是在那里面学会了在这个悲惨的地球上走路。我想象我那老保姆在床上把衰弱的目光投向这会走的花篮，我生命之第一个纪念物正对着我第二个母亲的生命之最后的纪念物，我想到了善良的维尔纳福在离开这世界时对天祝愿她的乳儿幸福，这证明了一种如此恒久、如此无私、如此纯洁的眷顾，这一切使我心碎，我的心充满了柔情、惋惜和感激之情。

尽管如此，在圣马洛，我的过去已荡然无存：在港口，我徒劳地寻找那些我曾经攀着缆绳玩耍的船只，它们有的走了，有的被拆散；在城里，我出生的那栋公寓已被改为旅馆。我几乎就要触着我的摇篮了，然而整整一个世界已经消逝了。我在童年度过的地方成了外乡人，遇见的人问我是谁，就因为我的脑袋多高出地面几分，其实不多年之后，它又会朝地面倾斜。我们是多么迅速、多么频繁地改变着我们的生活和幻想啊！一些朋友离开了我们，另一些朋友又随之而去；我们的关系变化着，总有那个时候，我们不再拥有曾经拥有的东西，总有那个时候，我们对我们的过去一无所有。人不是只有一个生命，他有好几个，一个接着一个，而这是他的苦难。

我从此没有伴侣，独自探索那个看着我的沙堡的舞台，"特洛伊城所在的原野"。我走在荒凉的海滩上，潮水退去的沙滩向我呈现的景象是一片荒芜，就像幻象消失后留给我们的景象一样。八百年前，我的同胞阿贝拉尔像我一样望着这波涛，怀念着他的爱洛依斯；他像我一样看见有一条船驶过"直到天边的浪"，也像我一样，耳朵里只有海浪单一的声响。我面对着破碎的浪花，沉溺于我从贡堡的树林带来的阴郁的想象之中。一处地岬叫做拉瓦德尔，成了我的奔跑的终点。我坐在地岬的尖端，陷入最痛苦的思想之中，我想起就是这些岩石，在我童年的时候，每逢过节，就成了我的藏身之处，我在那里咽下泪水，伙伴们则高兴得发狂。我觉得，我不再被人爱，不再幸福。我很快要离开故乡，把我的岁月分散在不同的国度。这些思绪令我悲痛欲绝，我真想跌进波涛之中。

一封信把我叫回贡堡，我回去了，和家人一起吃晚饭；父亲大人没有跟我说一句话，母亲在叹气，吕西尔显得不知所措，十点钟，大家纷纷退下。我问姐姐，她什么也不知道。第二天早晨八点钟，有人来叫我。我下了楼，我父亲在他的书房里等我。

"骑士先生，"他对我说，"您必须放弃您的疯狂。您的哥哥已经为您取得了纳瓦尔团队的少尉证书。您要去莱纳，从那儿再去冈布莱。这是一百路易，省着用。我老了，又有病，我活不了多久了。做个正直的人，永远不要让您的名字蒙受耻辱。"

他拥抱了我。我感到这张满是皱纹的严厉的脸激动地紧贴着我的脸，这是我父亲最后一次拥抱我。

德·夏勃布里昂伯爵，这个在我眼中如此可怕的人，我觉得此刻成了最值得我爱的父亲。我扑在他那瘦骨嶙峋的手上，哭了。他后来瘫痪了，瘫痪又把他引入坟墓。他的左臂痉挛地动了动，必须用右手扶住。他就这样控制住胳膊，把他的一把古剑送给我，不待我表示感谢，就把我送上已经等在绿院中的马车上。他让我当面上车。车子动了，我用眼睛向母亲和姐姐致意，她们站在台阶上，泪流满面。

我又踏上水塘边的小路，我看见了我的燕子栖息的芦苇、磨房的小溪和草地；我朝古堡望了一眼。于是，像亚当堕落之后，我走向陌生的土地，整个儿世界在我面前，整个儿世界在他面前。

从那时以后，我只回过贡堡三次，父亲死后，我们团聚服丧，分割遗产，相互告别。还有一次，我陪母亲回贡堡，她为古堡进行装修；她等着我哥哥，我哥哥应该把嫂子带回布列塔尼。他没有回来，他很快和他年轻的妻子从刽子手的手里得到了一个枕头，而不是我母亲亲手为他准备的那个枕头。最后，我第三次经过贡堡，从圣马洛上船，前往美洲。古堡已被废弃，我不得不住在代管人家里。我在大槌球场徘徊，从一条阴暗的山谷深处瞥见冷冷清清的台阶、大门和关闭的窗户，我很难受。我痛苦地回到村里，我打发人去找我的马，半夜里出发了。

离去十五年之后，再度离开法国前往圣地之前，我跑到福杰尔去拥抱家里仅存的人。我没有勇气去瞻仰那片田野，那里联结着我的生命最活跃的部分。正是在贡堡的树林里，我成为现在的我，我开始感到毕生拖在身后的那种无聊、造成我的痛苦和我的至福的那种忧伤的第一次发作。在那里，我曾寻找一颗能够理解我的心，在那里，我曾看见我的家庭团聚，然后星散。我父亲在那里梦想着重振他的姓氏，恢复他的门庭，这是时代和革命驱散的另一个幻想。十个孩子中，只剩下我们三个，我哥哥、朱莉和吕西尔不在了，我母亲痛极而终，我父亲的骨灰被从坟墓里掘出来。

如果我的著作在我身后幸存，如果我有留名的可能，也许有一天，这部回忆录会指引某个旅游者前来拜访我描绘过的地方。他可能认出古堡，但是他找不到大树林了，我的梦幻的摇篮已经像这些梦幻一样地消失了。孤零零地立在山岩上，古堡的主塔为那些橡树哭泣，它们是老伙伴，围拢着它，在风暴面前保卫着它。我像它一样孤独，也像它一样看见了我的家庭在我身边倾颓，它曾使我的日子变得美好，曾向我提供荫护，幸亏我的生命建于其上的那片土地不像我度过青少年时代的那些塔楼那么坚固，抵抗风暴，人不如他的手竖起的建筑物。

作者简介 ❖

儒勒·米什莱

（1798－1874）

法国著名的历史学家、散文家。他的散文代表作有《鸟》、《虫》、《海》、《妇女》、《女巫》、《人类的圣经》等。

夜莺的迁徙

它不成群，又没有气力，孤零零的一个能做什么呢？可怜的孤单的夜莺啊，你无依无靠，又没有伙伴，你怎么能像别的鸟类一样，去迎接这漫长的旅程呢？朋友，你怎么办？虽然，没有什么比你自己身上的力量更强的了，你可以穿着暗褐色的羽衣，沉默地悄悄飞过去，与秋天淡褪了颜色的树林混同一色。不过，现在！树叶仍然是一片绯红，并不像初冬时那份阴沉的暗褐色泽。

啊！为什么你不留下？为什么你不模仿那些只飞到普罗旺斯去越冬的胆怯的鸟儿呢？在那边，那山崖后面，我保证你能找到一个亚洲或非洲的暖冬。奥利乌勒峡谷可比叙利亚河谷要好得多呢。

"我要动身远行。别的鸟儿可以留下；它们不需要东方，而我，我的摇篮在召唤我：我要重见那片灿烂炫目的蓝天，以及我的祖先歌颂过的古建筑遗址；我要栖息在我早年的心爱之物——亚洲的玫瑰上；我曾沐浴在那边初升的阳光之中——那里蕴涵着生命的奥秘；那里，旺盛的爱情火焰使我的歌声更加嘹亮；我的声音，我的缪斯就是阳光。"

于是，它出发了；我想它越飞近阿尔卑斯山，它的心会跳动得越厉害。积雪的峰顶张开了令人畏惧的巨手，在那边的悬岩上，栖息着白日和黑夜的残暴之子，秃鹫和兀鹰，一切爪牙锋利的嗜血的强盗，该死的丑类，它们是人类的愚蠢的诗，有些高贵的贼首会迅疾地杀死你并吸干你的血，别的一些卑鄙下流的盗贼会扼杀毁坏你，用一切刽子手和死亡的方式。

我想那时这可怜的小音乐家，它的声音变得微弱，它失去了才华和敏锐的思想，也无人可以商量，它停息下来，在进入萨伏瓦山峡的漫长陷阱之前仍然流连梦乡。它在山口驻足，歇息在我熟悉的一家友好的屋顶上，或是在夏尔迈特柔美的树林里，仔细思量，它想道："若是我白天飞过，那些强盗都守在那儿；它们懂得这是鸟类迁徙的季节；鹰朝我猛扑过来，我一准死。若是我夜里飞过，老枭那个大公爵，那个恐怖的魔鬼定会在黑地里怒目圆睁，会攫住我，去喂它的幼雏的……唉，这怎么办？无论是白天还是黑夜，我都应尽量设法避开它们。清晨，薄明时分，当冰冷的露水浸透了树梢，冻僵了不会筑巢的巨大猛禽时，我悄悄飞过……等到它们看见了我，还来不及展开濡湿而沉重的翅膀时，我早就飞远了。"

尽管打算得好，可还是出了多少回意外祸事。深夜出发，在这个漫长的萨伏瓦，迎面遇上的劲烈的东风使它迟迟滞留，无法动弹，粉碎了它双翼的努力……上帝啊！天已经亮了……十月里，这些哀伤的巨人早已披上了白色的衣裳，我们会在它们无垠的雪地上看见振翼飞翔的一个黑点。这些山峦被白雪笼罩，显得如此凄凉！它们那尖尖的山峰纹丝不动，然而却在周围制造出永远动荡不安的感觉，波涛汹涌、碰撞、迸裂，有时还奔腾狂怒。"若是我从较低的地方过去吧，那充斥着淹没一切的轰击声、在烟雾中呼啸的激流会突然鼓起龙卷风，把我卷走。若是我升上荧光四射的高寒区域徜徉自得时，风霜又侵袭我的双翼，使我速度减慢。"

一阵努力才救了它。它头朝下，扎了下来，降落在意大利苏兹或都灵附近，它歇息，让翅膀更结实些。在博大的伦巴第宝盆深处，它恢复体力，伦巴第，这往昔维吉尔曾听见过它的鸣声的花果之乡啊，土地依稀如昔。今天的意大利人，却在自己的国土上流浪，在别人的田地里耕种，可怜的农夫，他们还追捕夜莺呢。它明明是吃昆虫的益鸟，却一直被当作吃谷子的禽鸟加以围捕。倘若它能，就让它逐岛飞过亚得里亚海吧（尽管长着翅膀的海盗也同样在那些礁石上游弋），它也许能够到达鸟类的乐园，到达美丽、好客而富饶的埃及，在那里，所有的鸟儿都会得到优待，受到祝福和良好款待的。

然而这更加幸福的土地却难免盲目的殷勤好客，当然她并不爱杀手。虽然夜莺和斑鸠都会受到欢迎；但是她对鹰隼也同样接待。啊！可怜的旅行人啊！我看见一对对可怕的眼睛正朝着这边窥视呢……看得出它们已经注意到你了！

不要逗留太久吧。美好的季节不太长了。沙漠的罡风就要漫天扑来，把你那少得可怜的食物吹走，吹得无影无踪。顷刻间连一条滋润你的嗓子、营养你的双翼的小虫都没有了。别忘了你在我们树林里留下的旧巢，别忘了你在欧洲的爱情吧。天空固然昏暗，但是你可以创造一个新的天空。爱围绕着你；每个人听到你的歌声都会激动得不住颤抖；最纯真的爱心为你突突跳动……这是真正的太阳，最美丽的东方。有爱的地方才有真正的光辉。

作者简介 ◆

维克多·雨果

（1802－1885）

法国浪漫主义作家。代表作有长篇小说《巴黎圣母院》、《悲惨世界》、《海上劳工》、《笑面人》、《九三年》及诗集《光与影》。

悼念乔治·桑

我为一位死者哭泣，我向这位不朽者致敬。

昔日我曾爱慕过她、钦佩过她、崇敬过她，而后，在死神带来的庄严肃穆之中，我出神地凝视着她。

我祝贺她，因为她所做的是伟大的，我感激她，因为她所做的是美好的。我记得，曾经有一天，我给她写过这样的话："感谢您，您的灵魂是如此伟大。"

难道说我们真的失去她了吗？

不。

那些高大的身影虽然与世长辞，然而他们并未真正消失。远非如此，人们甚至可以说他们已经自我完成。他们在某种形式下消失了，但是在另一种形式中犹然可见。这真是崇高的变容。

人类的躯体乃是一种遮掩。它能将神化的真正面貌——思想——遮掩起来。乔治·桑就是一种思想，她从肉体中超脱出来，自由自在，虽死犹生，永垂不朽。啊，自由的女神！

乔治·桑在我们这个时代具有独一无二的地位。其他的伟人都是男子，唯独她是伟大的女性。

在本世纪，法国革命的结束与人类革命的开始都是顺乎天理的，

一个爱尔兰城市的肖像

男女平等作为人与人之间平等的一部分。一个伟大的女性是必不可少的。妇女应该显示出，她们不仅保持天使般的禀性，而且还具有我们男子的才华。她们不仅应有强韧的力量，也要不失其温柔的禀性。乔治·桑就是这类女性的典范。

当法兰西遭到人们的凌辱时，完全需要有人挺身而出，为她争光载誉。乔治·桑永远是本世纪的光荣，永远是我们法兰西的骄傲。这位荣誉加身的女性是完美无缺的。她像巴贝斯一样有着一颗伟大的心，她像巴尔扎克一样有着伟大的精神，她像拉马丁一样有着伟大的灵魂。在她身上不乏诗才。在加里波第曾创造过奇迹的时代里，乔治·桑留下了无数杰作佳品。

列举她的杰作显然是毫无必要的，重复大众的记忆又有何益？她的那些杰作的伟力概括起来就是"善良"二字。乔治·桑确实是善良的，当然她也招来某些人的仇视。崇敬总是有它的对立面的，这就是仇恨。有人狂热崇拜，也有人恶意辱骂，仇恨与辱骂正好表现人们的反对，或者不妨说它表明了人们的赞同——反对者的叫骂往往会被后人视为一种赞美之辞。谁戴桂冠谁就招打，这是一条规律，咒骂的低劣正衬出欢呼的高尚。

像乔治·桑这样的人物，可谓公开的行善者，他们离别了我们，而几乎是在离逝的同时，人们在他们留下的似乎空荡荡的位子上发现新的进步已经出现。

每当人间的伟人逝世之时，我们都听到强大的振翅搏击的响声。一种事物消灭了，另一种事物降临了。

大地与苍穹都有阴晴圆缺。但是，这人间与那天上一样，消失之后就是再现。一个像火炬那样的男人或女子，在这种形式下熄灭了，在思想的形式下又复燃了。于是人们发现，曾经被认为是熄灭了的，其实是永远不会熄灭。这火炬燃得比以往任何时候更加光彩夺目，从此它组成文明的一部分，从而屹立在人类无限的光明之列，并将增添文明的光芒。健康的革命之风吹动着这支火炬，并使它成为燎原之势，越烧越旺，那神秘的吹拂熄灭了虚假光亮，却增添了真正的光明。

劳动者离去了，但他的劳动成果留了下来。

作者简介 ❖

缪塞

(1810 – 1857)

法国浪漫主义作家。他的主要作品有戏剧《罗伦扎西欧》、《反复无常的人》等，小说《埃梅林》、《提善的儿子》等。《世纪儿忏悔录》是他的代表作。

我赞美这大自然……

我赞美这如此平静的大自然，我看见那些星星从被破坏的天体上悄悄地落下。世人啊，在这如此坠入永恒的黑夜，彼此再也不记得的无尽的星球中间，你们想起谁呢？

你们说，这世界多么小？在这么多太阳中间，这照亮世界的太阳是多么不起眼的沙粒！而我，我对你们说，宇宙是多么小！这犹如缀满金线的破衣服一般被抛入宇宙一角的微不足道的一群旋转不止的星星与太阳，在空际是多么渺小的沙粒！你们竟认为你们的世界有个上帝，你们竟从你们的污泥中寻找最虔诚的信徒，你们从你们不可感知的模子上获得他，你们又把他变成一个与你们相似的上帝，你们到底是谁呀？你们由于他才有了善与恶、重力与引力，你们到底是谁呀？

那里，在无限的黑夜的另一角，在离你们几十亿里的地方，某个生存在别种统治下的小世界的人们同样在某盏摇曳的灯下激动不已。在那个世界里，没有善也没有恶，没有重力也没有引力，他们有别样的感觉，他们通过不同于你们呆滞的目光与颤抖的双手的方法抓住他们周围的一切。这里，那里，到处，宇宙充满了各种各样的巧妙的手段，这些手段全都存在于无限中，全都像你们一样有一次或两次来生的生活必需品。可能做到的一切都做到了，与物质相结合的所有生活方式都从混沌中解脱出来，假如促使它们产生的上帝某个早晨在上面吹气的话，他只会注意虚无，以便促使同样数目的创造从虚无中出现与再现。

一个爱尔兰城市的肖像

作者简介 ❖

苏利·普吕多姆

（1839 – 1907）

法国作家。他的著作有《韵节与诗篇》、《孤独》、《徒劳的柔情》、《苏利·普吕多姆诗文集》等。

沉 思

　　易变质、易出变故的东西永远不能成为幸福的来源，因为我们不能把必须持久的幸福与必然短暂的快乐混为一谈。所以，我们应当在不可侵犯的东西中寻找幸福。事实令人宽慰，人们在灵魂的三大能力中找到了命运、时间和专制的暴力所无法接近的欢乐因素：科学是神圣不可侵犯的，变化是神圣不可侵犯的，爱是神圣不可侵犯的。因此，为了幸福，让我们寻找真理，即上帝本身；让我们获得自己，也就是说要战胜自己的激情，我们尤其要有爱心，这是最便利的极乐之路。我激动地看到幸福主要来自这个世界，因为在这里人们可以进行研究，人们有竞争的强烈愿望，诗让我们去爱一切。

　　很明显，幸福在于我们实现了自己的意志和愿望。为了得到满足，愿望要求一种陌生的、独立于我们的意志的意志与它保持和谐、一致。为了更保险地得到幸福，最好去渴盼最不可能得到的东西，与此同时在我们的愿望最不可能遇到障碍的事物上去实现我们的愿望；所以，应该放弃尘世上的东西，然而人又生活在尘世之中，因此，没有对上天的希望。幸福的本质都是矛盾的，取消了上天，斯多葛派最大的幸福还不如一小时的欢乐。

　　使人幸福的只能是人们所感到的而不是人们所得到的；使人伟

大的是人们的思想而绝不是人的幸福。幸福比伟大更有价值吗？野蛮胜于文明吗？啊！给我们以快乐而绝不要不幸！懂得受苦的人比幸福的人要强得多！我们珍惜奋力忍受痛苦而获得的荣耀，正如士兵珍惜给他点缀胸口的伤疤一样。卢梭不懂得这点。

快乐不过是痛苦的暂时停止，幸福则对痛苦毫无知晓。

幸福由于其自身的条件而区别于快乐，它有可能持续和永久。它建立了一种气氛。而快乐只造就了一道闪电，一种短暂的兴奋。

人们没能充分地分清拥有和欢乐这两个概念。如果人们得到一种利益后还一直对能够拥有这种利益感到高兴，这种拥有就是幸福。可随着我们财富的不断增加，我们欲望的界限也在不断地扩大。没错，我们只想得到我们希望能得到的东西，可我们拥有的越多，我们的希望也越多。我们最初的愿望的窄圈就这样一直扩展得无穷无尽。

爱情是幸福的巨大源泉，可世上的东西都是要消亡的，并且在消亡中使我们痛苦，所以，应该依恋永恒的事物，在这依恋当中寻找幸福。可永恒的东西并非是每个人都可以得到的，美和真也是这样。不过，为了使幸福成为可能，生活曾想让永恒的善能够为大家所得。

过去和未来都不属于我们；但它们用回忆、悔恨、希望和恐惧带来了现阶段我们最重要的那份感觉。所以，幸福不是别的，而是回想和预感。

每个生灵所需的东西似乎都与其智慧成正比。那一无所有的才子，如果他的整个灵魂全是智慧，不是应该比只有本能的野蛮人分到更多的东西吗？但他还得到一颗用来感受痛苦和欢乐，尤其是用来爱的心。然而这颗心没有使他更为幸福。他历尽千辛万苦，终于找到了舒适和安逸，但他惊奇地发现这并不是幸福。于是他找啊找啊，询问世人，拍打额头。他没想到心是他想用才智来满足一切的欲望之源，没想到才智在他的各种能力中并不是无穷尽的，正如心在他的愿望中不是无穷尽的一样。人们遗忘之迅速不亚于渴望之迫切，当他达到寻找的目的地时，他只感到快乐，即一点点幸福，理由非常简单：他的发现起初给他带来了一种额外的快乐，这种快乐不久就成了他的必需品；从此，他不会因拥有这种新的利益而感到更加幸福，而这利益一旦失去，他会感到不幸。人们平时会因自己有两条胳膊而感到过某种满足吗？人们从来没想过这一点，他们带着健全的肢体自杀。相反，人们不是想创造第三只胳膊吗？那是多么快乐的事。可从此如果只剩下两条胳膊，那将是一种不幸。所以大部分发现只是不断地使人失去可能失去的东西，而不是增添真正的快乐。想象力越丰富失去的越多，越贫乏得到的越多。前者关心他所拥有的，后者关心他所没有的，谁都不高兴，最后只剩下一般的，可对大多数人来说，一般比不幸更难以忍受，因为任何丰富的东西都能满足可怜的虚荣心。

对于某些赌徒，如数收下他们输掉的钱还不如把这些钱中的1/4还给他们，这样他们会把最后一分钱也扔进水中。正如我曾说的，任何事情做到头都有一种因做得不三不四而感到的苦涩的快乐。我们似乎把自己的未来抛给了命运，以便从它那儿夺回昔日它剥夺的欢乐。

假如人们只知道该用什么方法去死，那还仅仅是想到死。怀疑在这一点上使我们平静，而在所有别的方面折磨着我们，这很令人费解。人们也可能不怕死亡，因为时间是用一系列短暂而无穷的时刻组成的，在这当中，人们确信自己活着。

人们无需去思考死亡，因为人不能把自己的思想集中在这个问题上。最深刻的哲学家不会去探究自己的映象，映象强烈得使哲学家不会有更多的虚荣心去谈论它。

死亡面前人人平等，为什么知道这一点很令人欣慰？

如果一种痛苦是普遍性的，这种痛苦会好受些吗？是的，普遍性的东西是本质的东西，因而不会是一种痛苦。

假如说所有的人都会死，那是符合自然规律的；因此死亡对我们来说是一种好处，好处就在于我们的命运和本质保持了一致。罗马皇帝玛克·奥雷尔感觉到了这一点。

　　哲学家和布道者徒劳无功，他们最精彩的演出也不能真正使人害怕死亡；人们只害怕目前和可见的死亡，只有死亡本身的威胁使人们恐惧。

　　生活，就是死亡；神圣的安眠来自这个吻。

　　只要我们还活着，死亡就是哲学家的思辨。现在，洞挖好了，应该下去了，

　　可底下有些什么东西？

作者简介 ❖

儒勒·列那尔

(1864 – 1901)

法国作家。主要作品有《冷冰冰的微笑》、《自然记事》和《书简》等。

形象的捕捉者

他大清早就下了床，感到精神抖擞，心情舒适，身体轻快（轻快得像一件夏天的衣裳），他便出去。他没带干粮。他将畅饮路上的凉爽空气，猛吸有益健康的气息。他把猎枪留在家里，只是睁大了他的眼睛；他把眼睛当作网，去捕捉千千万万美丽的形象。

他第一个捕捉到的是那条道路的形象，那些光滑的石子是路的骨骼，那些车辙是路凹陷下去的筋脉。而路的两边，布满了果实累累的黑刺李树和桑树的浓荫。然后他看到河流。河转弯处发出炫目的白光，河流在垂柳的抚弄下睡熟了。一条鱼蓦地跳出水面，肚子上闪着亮光，仿佛谁扔出了一块银币似的。每当细雨濛濛落下，河面上便惊起一阵觳觫。

他又看到一幅图画，不停翻腾的麦浪，鲜嫩可口的苜蓿，无数溪流绕过原野的边沿。他经过时偶尔瞥见一只云雀和一只金翅鸟。

随后他走进树林。过去他从没有想到自己的感觉竟会这样细致。整个人一下子沉浸在香气之中，他不放过任何低沉的声音；为了与树木共语，他的神经跟树叶的脉络紧紧地联结在一起。

一会儿，他感到战栗、不安，他感受得太多了，他又激动，又害怕，于是他离开树林，远远地跟随着农民翻砂工走回他们自己的村庄。当他凝眸眺望西下的夕阳时，太阳正脱掉它金光闪闪的长袍，云霞散乱铺满天穹。

后来，头脑里带着这一切景色，他回到屋里，熄了灯，在入睡以前，他久久地回味这些形象以自娱。

这些形象温驯地随着回忆又出现在眼前。一个形象摇曳着，又唤起了另一个形象，新的形象不断来临。这些闪烁生辉的东西越来越多，像一群山鹑整天被追逐、驱散，黄昏时分，没有危险了，这才唱着歌，在田沟里互相召唤。

作者简介 ❖

安德烈·纪德

（1869－1951）

法国作家。他的主要作品有自传《如果种子不死》及小说《人间食粮》、《背德者》、《窄门》等。

 # 纳蕤思解说

　　书本也许是并非必要的东西；一点神话本来就够了；宗教就完全寄托在那里。人民惊讶于寓言的外观，因不了解而崇拜；深思的祭司们，俯临意象的深处，慢慢地参透象形字的奥义。于是大家要解释了；书本阐释了神话——可是一点神话本来就够了。

　　纳蕤思的神话是如此：纳蕤思是十全的美——也就因此他是纯洁的；他鄙弃山林川泽的女神们——因为他恋慕自己。没有一丝风搅动泉水，他在那里，宁静的，低着头成天凝对自己的影子，你们都知道这个故事。然而我们还要讲它，一切都早就说过了；可是，因为没有人听信，讲了总得重新讲。

　　现在，没有岸也没有泉水；没有变形也没有自赏的花；——什么也没有，除了纳蕤思，单剩一个纳蕤思，凝思的，孤立在灰色浮雕画上。他在时间的无用的单调中感觉不安，摇曳无主的心反复自问。他想知道究竟自己的灵魂具何种形体；他觉得它该是非常可爱的，如果从它的悠长的颤动上判断它；但他的面容！他的面容！啊！竟至于不知道是否爱自己……不认识自己的美，我闹不清啊，在这幅远近场面都不相衬托的、没有线条的风景里。啊！不能够看见自己，来一面镜子！

镜子！镜子！

纳蕤思，不怀疑自己的形体在什么地方，起来了，去找他所企望的轮廓以包裹自己的大灵魂。

在时间的河边上，纳蕤思停住了。岁月所穿流的、命定的、空幻的河。简单的河岸，像一副嵌水的粗制的框子，像一面没有锡泥的琉璃镜子；背后什么也看不见；背面铺着空虚的厌倦。一条阴暗的、昏沉沉的运河，一面几成水平的镜子；谁也不能由无色的周围中认出这片黯淡无光的水，要不是感觉到它在流。

从远处看来，纳蕤思以为这条河是一条大路，独自一个在这一片灰色上，他厌倦了，于是挨近来看东西从那里经过。两手在边上一搁，现在他临流了，依照传说中的他那种姿势。啊，他一看之下，水面一层薄薄的外表突然五彩缤纷：岸边的花，树木的干，东一块西一块反映的蓝天，专为他而存在的，在他眼底各自生色的一片映影的奔流。于是丘陵露出来了，森林沿着山谷的斜坡也排列出来了，——依照水流而波动的，波浪加以变化的重重幻影。纳蕤思看得十分惊异，可是不明白，因为是互为推移的，究竟是自己的灵魂支配波浪呢，还是波浪支配它。

纳蕤思观看的地方，就是现在。从老远的将来，种种东西，还只是可能的，挤向现在；纳蕤思看见了，随即逝去了；流往过去。纳蕤思马上觉察到总是同样的东西。他寻问，于是沉思。总是同样的形体流过去；只有水的突进使它们发生差别。——为什么相异？为什么相同？——想必它们是不完整的了，既然它们总得重新来，而一切，他想，都向一个乐园的、结晶的、已失去的原形，努力突进。

纳蕤思梦想乐园。

作者简介 ◆　　　　法国女作家。代表作有《花事》。

科莱特

（1873 – 1954）

诗意盎然的黎明

　　除了一小块地方，除了那棵银杏树，整个花园热气逼人，沐浴在略带红色和紫色的黄灿灿的阳光里。可是我不知道这红色和紫色的印象是来自我感情的满足，还是因为我眼花的缘故。金黄的沙砾反射光线的夏天，阳光穿透我的大草帽的夏天，几乎没有黑夜的夏天……我母亲有感于我对黎明的深情，允许我去迎接它。她按照我的请求，三点半钟叫醒我；我两臂各挽一只篮子，朝河边狭长的沼地走去，去采摘草莓、黑茶藨子和长满须髯的醋栗。

　　此刻万物仍在混沌的、潮润的、隐隐约约的蓝色中沉睡，我踏着布满沙砾的小路行走，被自身重量羁绊的烟霞首先浸润我的双腿，然后是我的嘴唇、我的耳朵和全身最敏感的鼻孔……就在这条路上，就在这个时候，我意识到自己的价值，意识到一种不可言喻的幸福，意识到我和早起的晨风、第一只鸟儿以及椭圆形的刚刚出现的太阳之间的默契。

　　我母亲叫我一声"美人，金宝贝"，然后放我走了；她望着她的作品——她把我当做她的"杰作"——跑开并且在山坡上消失。我那时之所以显得俊俏，那是因为我风华正茂，因为黎明，因为我碧绿的眼睛，我在晨风中飘拂的金发和我作为被唤醒的孩子同其他尚在酣睡的孩子相比的优越感。

　　我听见敲头遍弥撒钟就往回走。但在此之前我已经饱餐了野果，已经像独自出猎的猎犬一样在树林中兜了一个大圈，还品尝了我崇敬的两眼清泉。一股清冽的泉水玲玲琮琮，勃然冒出地面，并在四周形成一个小沙洲。这股泉水刚出世就丧失了勇气，重新钻入地下。另一股泉水几乎不露踪迹，掠过草地，在草地中央隐秘地迂回，唯有一簇簇开花的水仙证实它的存在。头一股泉水有橡树叶的味儿，另一股有铁和风信子茎的味儿。提起这些泉水，我希望我长眠的时候嘴里能够充满它们的芳香，并且含着这想象的清冽的泉水离去……

作者简介 ❖

让·科克托

（1889 – 1963）

法国先锋派作家，艺术家。代表作有诗集《好望角》，剧本《俄狄浦斯》、《圆桌骑士》，小说《调皮捣蛋的孩子们》等。

痛 苦

从逻辑上说，人在年轻的时候应该更能够忍受痛苦，因为他有时间有希望痊愈。然而，我在年轻时却比现在更缺乏耐心。当然，我应该对自己说，我已经没有多少时间，如果痛苦持续下去，我就可能永远不能摆脱它了。我承认，以我现在的年纪，我不再像年轻时那么愚蠢。然而，我并不是因为妥协或者疲惫而更能够忍受痛苦，而是因为平衡。同样，因为我没有多少时间可以浪费了，我告诉自己，要超越病痛，着手开始那些会从我的身边溜走的工作。也许，因为我现在只关心自己的灵魂，身体衰退对我的影响便减弱了。六个月来，我每时每刻都在忍受病痛。痛苦以各种形式出现，使医疗受挫，而我，依旧保持着敏锐和勇气。写下这几行字让我感到轻松。尽管这本书告诫我不能任回忆信马由缰，可是，当我沉浸在回忆中时，我会完全忘记痛苦，觉得自己生活在我所描绘的地点和时代，而不是在这间我工作的屋子里。工作对我们工作，而我们对此无能为力。因此，我想，是否是一种防御痛苦的本能促使我写下这本书。

我爱那些人们，青春预示了苍老，他们的轮廓让人可以猜到他们将来会有的容貌。生活雕刻他们，让他们日趋完美。他们最初便知道自己应该成为什么样子，在生活中让它定型。我没有这个运气。

世界散文精品集丛书

在我身上，青春被延长了，它遭到破坏，定型很不成功。结果，我的样子要不像一个误入老年的年轻人，要不就像一个老人，误入了一个他不再拥有的年纪。有的人会觉得我是刻意的，这完全不是我的本意。一个年轻人的青春是美的，一个老人的苍老同样是美的。青春同样体现在语言和目光中，困扰我的正是这种青春的假象，有的行为并不是我的错。因为我痛恨伪装，如果我控制自己的行为，我是在扮演一个老人的角色。在这本书里，哪怕我决定要说出一切，我还是不敢承认是我的天真妨碍了我，把我推向那些我这个年纪的人绝对不会犯下的错误。我对世界一无所知，稍微有一点科学常识的人都觉得我愚蠢。如果我的名字强迫我去参加院士们的讲座，我为自己听不懂他们的发言而羞愧。有个奇怪的老头儿，垂着眼、点着头，似乎在听发言，其实，他在对自己叨念："我是学院里最糟糕的学生。"我在自己的课桌上乱写乱画，别人以为我在专心思考，我什么也没做。

痛苦给了我一个好处：它不停地提醒我回归秩序。曾经，有好几次，在很长时间里我无所用心，任某些词语浮现在我的脑海：椅子、灯、门，或者其他我看到的东西。这些漫长的虚无再也不存在了，痛苦纠缠我，我必须借思考摆脱痛苦，与笛卡儿正好相反。我在，故我思。没有痛苦，我就不是我。

病痛的尽头是什么？我需要一直忍受到生命结束吗？我能够摆脱它吗？它会不会只是年老多病的一个开始？这些病痛，是偶然的，还是正常的？它将我从暴躁中拯救出来，教会我用耐心面对痛苦。我已经够可笑的了，我不想再自以为是一个早熟的年轻人。

有时候，我在一个明媚的早上醒来，四肢没有任何疼痛，我会觉得所有的医疗预测都不正确，这也不错。但是，我还是宁愿当一个悲观主义者，我一直都是乐观的悲观主义者，我希望太多，总是不免失望。

医生给我开出的处方是高山、白雪。他们说，这会是唯一有效

一个爱尔兰城市的肖像

的药物，我身体的微生物应该会奇迹般地消失。我当初就不相信，不论是统治动物还是植物的微生物，它们和我之间的距离与星辰和我之间的距离一样遥远。我发现了它们，它们丝毫不了解我，我对它们的了解也没有更多些。显微镜观察我，并不了解它们，正如观察天空的望远镜。相反，它们似乎喜欢高原和白雪。我已经说过了，我呼吸、睡觉、进食、行走、长胖，它们似乎很喜欢这一切，它们寄存在我身上。我是被它们折磨的神，马赛尔·儒昂多是对的，他说是人类让上帝蒙难。有时，我想："上帝想念我们，而不是想起我们。"我的微生物开始活跃，我开始忍受折磨。我想起了他们，我想，上帝因他的众生而蒙难，这苦难永无终结。

病的时候，我可以睡觉，睡眠让我忘却痛苦。醒来时，我以为自己不用再忍受痛苦，这不过是火石电光的一瞬间。在另一个瞬间里，我的病痛又各归其位。昨夜，剧烈的疼痛使睡眠失去了作用，微生物在吞噬我的右手，当我去摸自己的脸，我触到了一张硬壳的面具。面具底下，微生物正活跃地全速扩散，它们刚刚来到我的胸部，在那里留下了一串红色的斑点，我认识它们。我想：太阳是否会激怒这群生活在阴影中的生物，是否是昨天的阳光导致了疼痛加剧。这场围猎太令人疲惫了！猎物跑得太快了！医生向我建议的武器不能歼灭它们，药膏、酒精、疫苗，我放弃了。也许，要等到死亡，也就是世界的终止。

除开痛苦，让我苦恼的是这些生物相对我而言的生存等级。我很想知道它们的过去，它们经历了多少世代的更替，政体是王朝还是共和国，运输工具是什么，有哪些娱乐，建筑物的风格、地基是怎样的。我不能忍受自己成为某些居住者的居住地，却对它们的习俗一无所知。为什么昨天夜里它们还在我右手的手指上工作？为什么今天早上它们放过了我的手指，来到我的胸膛上劳动？胸膛离我手指的距离是那么遥远！我是这么多谜语的谜面，促使我去探询自己的无知。昨天夜里，我也许是百年战争的战场。世界是通过一次战争形成的，人们把它误解为好几次战争。休战似乎成为人类一种正常的状态，也就是说和平。这也许同样适用于我身体中的微生物，我的痛苦是因为漫长的战争，而它们短暂的休息时间就是和平。由此，我判断它们的战争是永恒的，同样，它们认为自己发动了好几次互无关联的战争，而中间插入了许多次和平时期。

昨夜我忍受了巨大的痛苦，我想排解痛苦，只剩了痛苦。这是为什么我采用了唯一的排解方法，这是痛苦决定的，它袭击我身上每一个点，然后遣散部队，安营扎寨。它安顿好，不再是某一个姿势是不可忍受的，而是必须忍受一切。也就是说，不可忍受扩散了，成为一种榜样。这个情况既是可以忍受的，又是不可忍受的。器官受到损害，最终达成某种协议后继续运行。痛苦蔓延、充盈、丰富、自信，一种痛苦的平衡，而我，不得不适应它。

我在研究怎么样一点点地反击，最微弱的反抗也可能激怒它们，使愤怒翻倍。我首先要无条件地接受它们的胜利，部队、壕沟、帐篷、驻扎、士兵、战火。

大约九点，它们结束了准备工作，列队和战略部署。十点，一切安排就绪。它取得胜利。

今天早上，它似乎停止了这个步骤。自从我住到山上后，今天是第二次出太阳。怎么办？我应该避开阳光，还是把阳光作为一种秘密武器对付沉睡中的部队？我应该惊动它们吗？还是让它们沉睡？

最后，我险些进攻它们。的确，微生物的居民开始骚动。它们害怕红色的天空吗？我猜，这对它们而言是午夜吧。它们的交通出现一阵可怕的混乱，人群拥挤，动物直立。疼痛的位置转移，突然加剧，然后停止，飞向别的地方。我的眼睛肿了，长出皱纹，出现眼袋；我的腋下，似乎有一队人马在寻找避难所。

医学对这些问题依旧束手无策，一直要忍受到士兵相互厮杀，一直要等到一个种族灭绝，一直要等到只剩下断垣残瓦。这并不比人类的行为更过分，面对摧毁的晕眩，没有解药可寻。

如果微生物只是想在我的身体中寻找食物，耕种田园，它们并不会觉得愤怒。必须承认，它们也懂得仇恨、孔武有力的骄傲、生存空间的争夺、失业、石油托拉斯和霸权主义。我无法控制自己观察出现在1946年报纸上的危机和我身体这个宇宙中所受到的威胁的相似之处。我谈到了上帝。甚至不用走这么远，我指责这个世界，如果它感受到我所感受到的，如果它要到再次忍受疼痛的袭击的时候才知道期盼休息。

昨天晚上，也许是因为我晒了太阳，额前的硬壳开始融化，一种液体使它变得光滑发亮。如果我试图止住液体，它会流得更多。

然后，我的脖子上也淌满了同样的液体。昨天夜里，一切都开始融化，液体干了以后，皮肤表面结了一层颗粒状的壳。我的眼睛浮肿，上下都一样，我自己都不想再看；皮肤灼热，像从火灾中生还的受害者。这些症状让我整整一夜都没有合眼。我很焦虑，不知道应该怎么办。

今天早上，金色的阳光又照到我的脸上，阳光里似乎有黄色的粉末。下眼睑处的皱纹那么深，一条条似乎衔接成一个圈。

此外，我右手的手指间依然很疼，腋下也不太平。

我脖子上有一处伤口在流液体。瞧瞧这场灾难吧，我笑了，完全不可理喻，我甚至对奇迹没有兴趣也不指望任何奇迹。这一切不能阻止我好好地生活，不能妨碍我享受高原和旅馆中烹饪可口的食物。不管是否是微生物，这些在表面的、寄居在表皮和真皮间的寄生虫破坏了我的容貌，折磨我，却并不进入身体内部。至少，我觉得在现阶段如此。如果它们进入身体，我不敢想象它们会对器官造成什么样的破坏。

将近七点，我的皮肤仍然感觉不适，我试着排解痛苦，想继续收获更多的成果。机器不再运转，它甚至取笑我，强迫我以一种平庸的方式模仿它。我平静地接受了现实，并不试图走得更远。

我从来不会疏于反省似乎获得某种自由的表面现象，真诚地说，不可能躲开自由的阴影，无论如何，这个阴影存在。它半掩着身子，藏在我们的作品中，它监视我们。它使我们在它和阳光之间获得一种平衡，光影交错是最合适的词语。在反省作品（也是自我反省）的过程中，我感到痛苦。七个月来，这种痛苦一直在雕琢我，如同金匠雕琢他的金器。可以说它渴望工作，它帮助了我。我感到躁动，我进入睡眠，像我这样一个人只有在睡眠中才可能如此躁动。戏剧、绘画、电影，都是躁动的借口，不安的灵魂再也无法安宁。我摇着生命的瓶，酒便这样酿成。

痛苦成为我的踏板，我尝试过一切通过疲倦和混乱来克服痛苦的办法，都没有用。有一天，它会命令我们沉默，让我们安静，在医院中，我还没有感觉到这一点。描写雪的诗，这本讲述我自己的书，这些被涂抹了的纸张，这间我应该强迫自己脑中一片空白的工作间（医生的要求：您什么都不要想），似乎已经是寂静的开端。我一直这样重复，这是唯一适合我的"什么都不要想"的方式。面对阿尔卑斯山的薄雾，我很害怕体会另一种空白，一种医生所要求的空白。

作者简介 ◆

尤瑟纳尔

（1903－1987）

法国诗人、小说家、戏剧家和翻译家。主要作品有诗集《幻想的乐园》《众神未死》，长篇小说《哈德良回忆录》，传记《世界迷宫：虔诚的回忆》。

时间，这伟大的雕刻家

一座雕塑完成之日，从某种意义上说，它的生命就开始了，第一阶段已完成了：雕刻家的细心，使雕刻从石块到人形；第二个阶段，在几个世纪的过程中，经过不断的崇拜、赞赏、热爱、轻蔑或冷淡，相继地经过风化和磨损，又将这雕塑逐渐地带回到它的雕刻家把它从中选取的不成形的矿物状态。

毫无疑问，我们现在连一座其同时代人所见到的希腊雕像都没有了，我们只是偶尔地能够看到公元6世纪的一座科蕾或库罗斯雕像的头像，看到一些泛红颜色的痕迹，与今天最苍白的散沫花的颜色相似，足以证明其古代染色雕塑的质量，栩栩如生，犹如模特儿和偶像一般，堪称杰作。这些根据有机生命的形式雕刻的坚硬物体，以其独特的方式遭受到类似的疲惫、衰老和不幸。它们变化了，如同时间在改变我们一样。它们在地下被弃置了数世纪直到被发现，它们得益或遭殃于灵巧的或笨拙的修复，真真假假的年代，久远的色泽等等这一切，直到它们今天被收藏于博物馆，都永远地在它们那金属质地的或石质的躯体上留下了烙印。这些变化中有一些是绝妙的。在一个艺术家、一个时代、一个社会的特殊形态所要求的美之中，它们又增添了一种与历史的偶然相联系的、由于自然和时间的作用而造成的非自愿的美。破碎的、十分美妙的雕塑，从中诞生出一种新的作品，正因为其破损而更显其完美：一只令人难忘地踏在一块石板上的脚，一只光溜纯洁的手，一条显示速度的蜷起的腿，一个让我们比俊美的面庞更加喜爱的上身，一个完全不带人或神的传说的美在其中显现的侧身像，一个线条几乎模糊不清、难以辨认的半身像。这样的一个剥蚀的身躯宛如一块被海浪侵蚀了的岩石，这样的缺肢少腿的碎块几乎与爱琴海的一处海滩上捡拾到的石块或卵石别无二致。然而，专家们却一眼断定：这条模糊不清的线条、这条忽断忽续的曲线只能是出自人的手，出自希腊人的手，他们曾在某个地方，在某个世纪曾经干过活儿。他们整个身心都表现在其中了，他们与世界巧妙地合作，他们与世界抗争，并且还同作为其支柱的精神和物质几乎同时消亡的那个最终的失败抗争过。他们的意愿直到最后，在事物的废墟中都被证实着。

一些迎着海风的雕像在泛白，并有着如同一块逐渐变酥的盐岩的多孔性；另有一些雕像，如代洛斯岛的石狮，已经不再有动物的模样儿，变成了一些发白的化石，变成了海边迎着太阳的"骨架子"了。巴特农神庙的那些神像由于受到伦敦的气候影响，渐渐地在变成尸体和幽灵。被 18 世纪修复艺术品的人修复并涂以古色涂料的那些雕塑，与亮晶晶的地板和教皇或君王的大殿的光亮的镜子配合一致，有着一种并非古代的豪华和高雅的模样，使人想到的是它们曾参加的盛宴节庆，这些大理石神明根据时代的要求加以修饰，与昙花一现的肉身神明肩肘相触。它们的葡萄叶甚至都像是当时的一条裙子似的替它们穿在身上。人们曾不屑放到陈列馆或为它们所建的大厅里的那些不起眼的作品被不经意地弃置于一棵梧桐树下或一个喷水池旁，年深月久，它们就有了一股庄严肃穆气，或有了一棵树抑或一棵植物的那种慵倦之态；这个长毛的野兽是一段覆盖着苔藓的树干；这个弯腰的山林水泽仙女宛如吻她的凤尾草。

另外的一些也只是因为人的粗暴而具有新的美：它们被从基座

上推倒，还有那些破坏圣像的人的锤子敲打，才使它们成了现在的样子。古典作品因此而带有感人的色彩，被肢解的神明有着殉难者的神态。有时候，大自然的侵蚀和人的粗暴联合起来，创造了一种既不属于任何流派也不属于任何时代的无出其右的外貌来：萨莫色雷斯岛的胜利女神雕像没有头，没有胳膊，与新近找到的手相分离，被斯波拉泽斯群岛的狂风吹得破败不堪，已不像个女人，而更像是海风和天上吹来的风。从这些古代艺术不自觉的改变中诞生了一种现代艺术的假象：那不勒斯博物馆的普赛克，被拦腰裂断，一副罗丹作品的神态；有一座无头雕像立于基座上，使人想起德斯匹奥或马伊奥勒的作品来。我们的雕刻家们凭着抽象的意愿，外加一种灵活的技巧模仿出来的东西，在这里亲密地与雕像本身的冒险经历联系起来了。每一个创伤都在帮助我们重组一个罪行，有时候还能帮助我们追根溯源。

　　我们的父辈一直在修复雕像，而我们则在把它们的假鼻子和假器具给弄掉，我们的后代无疑将会另有一套办法。我们现在的观点既代表了"得"也代表着"失"。重新创作一个完整的带添加肢体的雕塑的需要可以部分地满足占有并展示一件状态良好的物件的天真愿望，这种愿望在各个时代都是与主人们的简单的虚荣心连在一起的。但是，这种过分的修复兴味（它是从文艺复兴时起，几乎一直延续到我们今天的所有大收藏家们的兴味）想必源自更深刻的原因，并不单单是无知、习俗或一种粗俗的焕然一新的偏见使然。我们的先辈也许比我们更富人情味，至少在他们只求幸福的、特别敏感的以及按其方式感受的感觉来要求艺术作品方面是这样，因而他们不忍看见这些杰作缺胳膊少腿，不忍看见这些石质神像上那些暴力和死亡的痕迹。古代艺术的伟大的爱好者们则因怜惜而在修复，我们又因怜惜而重塑他们的作品，我们也许更加习惯于废墟和创伤。我们对于使得托尔瓦德森去修复普拉克西特列斯回的作品的一种兴味或人文精神的连续性表示怀疑。我们更容易接受这种与我们分离、藏于博物馆中而不再在我们住屋中的美是属于贴上标签的和死了的美。总之，我们的悲怆感在这些伤痕中得到了益处，我们对艺术的偏爱使我们喜欢上了这些裂隙，这些断裂，可以说，它们抵消了强大的人为因素对这种艺术的影响。就因时间选择的所有这些变化而言，没有哪个比其赞赏家们的兴趣变化对这些雕塑的影响更大的了。

比其他改变更让人揪心的改变形式就是沉入海底的那些雕塑所遭受的变化。这些遇难的青铜雕刻中有几件被打捞了上来，完好无损，就像溺水者被及时地抢救过来一样，它们沉于海底的那些日子只留下了一种令人赞叹的铜绿色，譬如马拉松的"古希腊英俊少年"或者最近发现的里亚斯的那两个"强健的运动员"。而一些易碎的大理石雕被打捞上来之后，千疮百孔，被海水侵蚀得怪模怪样，上面还嵌着贝壳，如同我们小时候在海滩边买的那些小盒子一样。雕刻家强加于它们的形状和动作对于它们来说只是它们藏于深山岩石中间那无法计算的时间以及随后长期没于海底之间的一个短暂的时期。它们经历了那种不死的改变、那种损而不灭以及那种也就是材料受到其自身规律所限的无复活的幸存，它们已不再属于我们。如同莎士比亚的诗歌中最美丽最神秘的那一首所提及的一样，它们遭受了大洋的既丰富又奇特的改变。雕刻家雕刻的那个海神（旨在装点一座小城的码头，一些渔民把他们捕到的头一网鱼都供奉给他）回到了他的海神王国去了。天上的维纳斯和十字路口的维纳斯变成了海上的阿芙洛迪特了。

世界散文精品集丛书

作者简介 ◈

加缪

（1913－1960）

法国小说家、哲学家、戏剧家、评论家。主要作品有剧本《误会》、《卡利古拉》，中篇小说《局外人》，长篇小说《鼠疫》，哲学论文集《西西弗的神话》等。

反与正

　　这是一个古怪而孤独的女人。她和各种精灵保持着密切的联系，参与它们的争吵，拒绝见家里的某些人，因为他们在她藏身的那个世界里名声不好。

　　她从姐姐那儿得到一笔小小的遗产。这五千法郎到了人生快要结束的时候才来，颇使人有困扰之感。应该把这笔钱投在什么地方？几乎每一个人都会使用一笔巨大的财富，可当这笔财富很小的时候，困难就来了。这女人始终不变，她快死了，想使自己那一把老骨头日后有个遮蔽。这时有个真正的机会送上门来，她那个城的公墓里，有一块出租墓地刚刚到期，土地的所有者们在那里起了一座壮观的地下墓室，线条简洁，砌有黑色的大理石，一句话，的确是一件珍宝，他们四千法郎就让给她了。她于是买了这座墓室。这可是一笔稳稳当当的证券，不受金融波动和政治事件的影响。她让人整理了墓坑，随时都可接待她的躯体一切就绪，她让人用金色的大写字母刻上她的名字。

　　这件事使她深感满意，竟对这墓产生了一股真情。开头，她来看看工程的进展，后来就每个星期天的下午必到了，这是她唯一的外出和唯一的消遣。快到下午两点钟的时候，她走了很远的路，来到城门，那里就是公墓了。她进了墓室，仔细地关好门，跪在跪凳上。就这样，她面对着自己，比较着过去的她和将来的她。她找到了那一条断链的环，不费力看破了上帝隐秘的意图。通过一种奇特的象征，她有一天甚至恍然大悟：她在世人的眼中已然死了。万圣节那天，她比往日到得晚了些，发现门下虔诚地铺满了紫色堇。原来是一些不相识的同情者，他们非常细心，看到墓前竟没有鲜花，就分担了家人的痛苦，一起来怀念这被遗忘的死者。

现在，我还得再谈谈这些事情。窗户的另一头有一座花园，我只能看见它的围墙，还有光影流动的几丛树叶。往上，仍旧是树叶。再往上，就是太阳了。人们感到外面的空气兴高采烈，世界一片欢乐，然而我却只看见枝叶的影子在我的白色窗帘上晃动。五束阳光耐心地在房间里撒下一股干草的香味儿。一阵微风吹过，窗帘上的影子活跃起来。一片云遮住了太阳，随即又飘走，从阴影中射出了那一瓶金合欢花的灿烂的黄色。这就足够了，只一缕微露的光亮，我的心头就充满了一种模糊的、使人昏昏然的快乐。正是那个一月的午后使我面对世界的反面，空气中还透着寒冷，到处是一片片似可捏碎的阳光，但已蕴含着永恒微笑的种种迹象了。我是谁？我能做什么？我只能投入这枝叶和阳光的游戏之中，化作这一片光，我的香烟在其中燃烧，化作这一股温柔和激情，它们在空气中呼吸。倘若我想认识我自己，那就是在这光的深处，倘若我想理解和享受这种交出了世界的奥秘的滋味，那就是我在宇宙的深处所发现的我自己。也就是说，我自己就是使我从环境中解脱出来的这种极度的感动。

在此之前，我说的是另一些事情，说的是人和他们所购买的坟墓。现在，让我从时间之布上剪下这一分钟吧。有些人在书页中夹一朵花，藏起一次使他们动情的散步。我也散步，但那是神在抚爱我。生命是短暂的，虚掷光阴就是犯罪。有人说，我是活跃的，然而活跃仍旧是虚掷光阴，因为人在消耗自己。今日乃是一次暂停，我的心前去迎会它自己。如果说那种焦虑仍在压迫着我，那就是感觉到了这不可知的瞬间正像水银珠一样地从我指间流走。有些人愿意对着世界转过背去，那就由他们吧。我不抱怨，因为我看着我长大。此时此刻，我的全部王国在这世界上。这阳光、这阴影、这炎热、这来自空气深处的寒冷，一切都写在这窗口之中，我透过它看见天空撒下它的完满去迎会我的怜悯，我还会去问某种东西是否正在死去，人是否在受苦吗？我可以说，我一会儿就说，重要的是合乎人情，朴实单纯。不，重要的是真，于是一切尽在其中，例如人情和纯朴。那么当我活在这世界上，我什么时候更真呢？动欲之前我已被满足。永恒在彼，我希望着。现在我所希望的已不再是幸福，而仅仅是自觉。

一个人在观照，另一个人在掘墓，如何将他们分开？如何将人及其荒诞分开？看哪，天微笑了。光在膨胀，夏天快到了吗？这就是那些应该爱的人的眼睛和声音啊。我以我所有的姿态眷恋着世界，我以我所有的怜悯和感激眷着人。在世界的这些正与反之间，我不愿选择，我不喜欢人们选择。有些人不愿意别人是清醒的、嘲讽的，他们说："这说明您不善良。"我看不出其目的联系。当然，我听人说某人不道德，我的理解是某人需要一种道德；我听人说某人蔑视智力，我认为他是承受不了怀疑。反正我不喜欢人们作假，睁开双眼正视光犹如正视死亡，这才是大勇。说到底，问题在于如何指明这种对生活的酷爱和这种隐秘的绝望之间的联系。如果我倾听蜷缩在事物深处的嘲讽，它就会慢慢呈现出来。它会眨着小而亮的眼睛说："生活吧，就像……"尽管多方求索，我的全部学问尽在此了。

无论如何，我并不能肯定我说得对。我是否想到人们讲给我听和那个女人，这并无关紧要。她要死了，她还没有咽气，女儿就给她穿衣服入殓。实际上，四肢还没有变硬时，事情似乎更容易些。不过，我们生活在匆匆忙忙的人们中间，这究竟是很可奇怪的。

作者简介 ❖

塞斯勃隆

（1913－1979）

法国著名作家。代表作有小说《圣人下地狱》《被扼杀的是莫扎特》、《不系颈圈的野狗》。

小 事

在巴黎法兰西学士院的一个院子里，正对着窗户，从葡萄藤中间露出一段管子，正好有一握粗。谁也不知道管子通到哪儿，用来干什么，所以也没人去注意它。可是，每年有一只小鸟来这儿做窝，它待在里面刚刚合适，就像一粒子弹装在枪膛里似的。它感到很安全，很清静，所以从早到晚都放开嗓子唱歌。附近一间办公室里有个年老的办事员，总开着窗户谛听。每天上午，他第一件事就是开窗，而下班前，他最后一句话就是对鸟儿说声再见。可是，有一天，工人来修理滑落在墙上的檐沟。"您爬上去以后，把那段管子给拨下来，它什么用也没有！"于是，鸟儿飞到别的地方藏身去了。在窗子边办公的那个老头儿觉得很不舒服，工作没精打采。过了好几天，他俯身到窗外，用手拨弄葡萄藤，才明白为什么自己这么难受，这么阴郁……

"见鬼！见鬼！"

他擦了擦脑门子。"见鬼！见鬼厂他在这里工作40年了。40个春秋，一切都按部就班，有条不紊：每天要写同样多的公文，每天有同样多的记录要归档，同样多的文件要研究……40年啦！而今天……"

世界散文精品集丛书

他摘下眼镜、小圆帽和套袖，没有对他的同事们解释（他怕一提起来就发火），径自下了楼，打算去管理处诉苦。可是，走到半路他觉得自己心中的委屈似乎有些孩子气，而且这么做也绝不会使他再听到小鸟的歌声。他又从原路返回办公室。一整天都压着一股火，还早退了20分钟——40年来，这还是第一次。他用这个时间通过艺术桥，沿着梅依斯里滨河大街一直走到一家卖鸟的铺子，把那里每只鸟儿的叫声都听过一遍，然后选了一只。这只鸟啁啾的叫声最像他那失去的同伴了。他将鸟装在一个柳条笼子里，并把发黄、干瘦的手指头从柳条缝隙伸进去："突噜……突噜……"

前一天下班走得早，第二天他比谁都先到。他把鸟笼挂在窗户旁边，添上水和小米儿，还放了一块墨鱼骨头，然后开始等待。那鸟在他离开之后，把这小小的王国巡视一番，用嘴玩弄一下葡萄藤，在孤独之中试了试嗓子，就不断线地唱起来了。老头笑了笑，瞥了一眼周围的同事，终于重新感到了愉快，能专心工作了。

有一天，一个当官的从院子里走过，发现那只鸟笼把整个布局都破坏了："法兰西学士院可不是门房，也不是穷公务员的阁楼间！"……人家是领导，就别想对他解释。鸟笼不见了。

过了不久，老公务员再也忍受不了这漫长、无聊的日子，便要求退休。不巧的是，只有他认识同办公室的那位女同事的笔迹。在发生了几次差错以后，那位女职员也不得不辞职。

可是，20年来，她说什么话都成了习惯，对面那位职员虽然耳聋，但只要看看她的嘴唇怎么动就知道她说什么。现在聋子失去了唯一的翻译，不能继续工作了，只得接着告退。

然而，只有他一个人知道这儿档案的分类法。他走了之后，档案出现了混乱，接手的人因此被解雇——当然并不是没有争吵，而是在这古老的房顶下发生了一起最为激烈的口角——该办事员工作效率很高，可是性情暴躁。他哥哥为了维护自己的尊严，也一起离职了，因为他们是科西嘉人。

那位老兄十分高傲，说走就走，完全没有把工作交代一下。他本来是负责检查学士院房屋维修情况的。这幢房子年久失修，已经破旧不堪了。10月份下雨的时候（这时，那位老职员又高兴地听到了他那小同伴的歌声），房顶的檐沟坏了，雨水从天花板渗了进来，地板塌了，墙壁裂了缝。从外表看，并没有什么变化，要不是有一个人得病死了，一切还都看不出来。

房屋破坏的情况被发现时，已经来不及修缮了。于是，人们扛来一个大型脚手架，靠在不太结实的墙上，把快塌的墙都推倒了。

经过了几个世纪的冷遇，官方的建筑师忽然发现楼里有许多阁楼间、贮藏室和密室——按他们的说法有许多"浪费了的地方"。文化部认为自己的房子太挤，扬言应把这座大楼拨归他们使用，法兰西学士院当然不答应。一大群法学家和典籍学家纷纷研究大楼的所有权，撰写回忆录。另一方面，人们又画了许多平面图，就这一争执交换了各种颜色封面的公文。也就在这个时候，维修工作中断，连脚手架也开始摇晃起来了。

官司一直打到内阁。内阁声称若干年之后才宣布判决。有时候，夜里有几块隔板掉了下来，几段不结实的墙坍塌。

也有一些时候，一位很老的老先生——看门的仿佛还能认出他——走进院子里，一面摇着头，一面长时间地察看这座破败的大楼。

还有一些时候，一只非常小的鸟儿，唱着歌从这堆废墟上飞过。

作者简介 ❖

屠格涅夫

（1818－1883）

俄国批判现实主义小说家、诗人和剧作家。其代表作有小说集《猎人笔记》，长篇小说《罗亭》、《阿霞》、《贵族之家》、《前夜》、《父与子》，中篇小说《初恋》。

涅槃

那时候我在瑞士，我非常年轻，自尊心颇强，又是十分孤独。我的生活很艰苦，很不愉快。我什么也没有亲身体验过，就已经感到无聊，意志消沉，经常发脾气。世上的一切我觉得都是毫无价值的、庸俗的——正像年轻人所常有的那样，我心中幸灾乐祸地暗暗怀着一个思想……想自杀。"我要证明……我要报仇……"我心里想……可是证明什么呢？报什么仇呢？这一点连我自己也不清楚。只不过是我胸中的血液在沸腾，仿佛是密封在坛子里的葡萄酒，我感觉到，必须让这葡萄酒流出来，必须把压制着它的坛子砸碎……拜伦是我崇拜的偶像，曼弗雷德是我心目中的英雄。

有一天傍晚，我像曼弗雷德一样决心到远离人寰的、高出冰川之上的山顶上去，那里寸草不生，只有突兀峥嵘的光秃秃的岩石，那里一切声响俱归寂灭，甚至听不到瀑布的喧嚣！

我要到那里去干什么……我不知道……也许是去结束自己的生命……

我去了……

我走了很长时间，起初在大路上走，后来沿着山径前进，越走越高……越走越高。——最后的几幢小房子，最后的一些树木，早已落在我后面了……岩石四周全是岩石。在前边不远但还看不见的雪，以凛冽的寒气向我袭来；夜的阴影以一团团黑气从四面八方围拢来。

我终于停住了脚步。

多么可怖的寂静啊！

这是死之国。

我在这里就只一个人，一个活着的人，怀着孤傲的愁苦、绝望和蔑视一切的心情……一个离开人寰、不想再活下去的、有思想意识的活着的人。一种隐秘的恐惧使我全身冰冷，可是我还在想象中把自己看作是一个伟大的人！

曼弗雷德——不折不扣的曼弗雷德！

一个人！我还是一个人！我重复着说。一个人面对着死亡。该是时候了吧？不错……是时候了。别了，微不足道的世界。我要一脚把你踢开！

就在这一瞬间，忽然有一个奇怪的声音传到我耳边，我在仓猝之中一下子不明白这是什么声音，但这是活生生的……人的声音……我吓了一跳，侧耳静听：这声音又重复了一遍……这……这是一个婴儿，一个吃奶婴儿的啼哭声！……在这荒山野岭，这里一切的生命似乎早已绝灭了，永远绝灭了，竟然还会有婴儿的啼哭声！……

我的惊讶突然为另一种感情所代替，为一种乐不可支的喜悦所代替……于是我急不择路地朝着这啼哭声、这可怜巴巴的微弱的声音拼命奔去，这声音向我伸出了拯救的手。

不久，在我面前闪过一点摇曳不定的火光。我奔得更快了——过了不多久，我看见一幢低矮的小房子。这小房子是用石头垒成的，上面有低低的平屋顶，通常是阿尔卑斯山的牧人躲避风雨用的，可以在里面住上几个星期。

我推开半掩的门，直冲进屋子，仿佛死神就在背后追踪我。

世界散文精品集丛书

在一条长板凳上坐着一个年轻的女人，她在给小孩喂奶……牧人，大概是她的丈夫，坐在她身边。他们两人都目不转睛地凝视着我。可是我一句话也说不出

来……只是笑嘻嘻地点着头……

拜伦，曼弗雷德，自杀的念头，我的高傲，我的伟大，这一切此刻都到哪儿去了？……

婴儿继续啼哭着——我向他，向他的母亲，向她的丈夫祝福。

一个人的，一个刚刚诞生的生命的充满热情的啼哭声啊，你拯救了我，你治愈了我内心的创痛！

作者简介 ❖

高尔基

（1868－1936）

俄国作家、社会活动家。代表作有《海燕之歌》，自传体三部曲《童年》、《在人间》、《我的大学》等。

 晨

世界上最好的事情是看白天是怎样诞生的！太阳的第一道光线刚一闪现在天空，黑夜的阴影就悄悄地往山谷和石缝中躲藏，藏在茂密的树叶里，藏在满是露水的花边一样的野草里，而山峰则爱抚地微笑着，好像在对柔弱的黑夜的暗影说：

"别怕，这是太阳！"

海浪高高地昂起漂亮的白头，向太阳礼拜，就像宫廷的美女向国王朝拜一样，一边朝拜，一边歌唱：

"向您致敬，世界的君主！"

仁慈的太阳笑着，这些海浪快活地转了一整夜，现在它们头发蓬乱，绿色的衣裳揉皱了，丝绒的拖地长裙在脚下绊来绊去。

"你们好！"太阳一边从海上升起一边说，"美人们，你们好！不过——够了，安静点儿吧！如果你们不停地跳得那么高，孩子们就不能游泳了！应该让世人都感到很好，对吧？"

绿色的蜥蜴从石缝中爬出来，眨着惺忪的睡眼互相说道：

"今天要热啊！"

在炎热的天气里，苍蝇懒得飞，蜥蜴容易捉到它们，而吃肥大的苍蝇该多么惬意呀！蜥蜴是不要命的馋鬼。

沾满沉甸甸露珠的花朵摇摇摆摆，好像在引逗人似的说："先生，请描写一下我们早晨载着露珠的美貌吧！请用语言给花儿们画一幅小小的肖像吧！试试看，这很容易，因为我们是非常普通……"

这些狡猾的小家伙！它们明明知道人不能用语言描绘出它们那招人喜欢的美貌来，——它们在笑呢！

我尊敬地摘下帽子，对它们说：

"你们太可爱了！谢谢你们给我的光荣，不过我今天没有时间。以后，也许……"

它们骄傲地笑了，把脸朝向太阳，太阳的光辉在露珠上闪烁着，花瓣和叶子像钻石似的闪着光芒。

金色的蜜蜂和胡蜂已在花儿上边盘旋，它们一边盘旋，一边贪婪地采集着馥郁的花粉，而在温暖的空气中则充满着它们浑厚的歌声：

赞美太阳——

使生活变得快乐！

赞美劳动——

使大地变得美丽！

红胸脯的知更鸟醒了，它用纤细的两腿站着，摇摇摆摆，也在唱着自己轻柔而快乐的歌，——鸟儿比人更懂得生活在世上是多么幸福！知更鸟总是首先出来迎接朝阳，在遥远而寒冷的俄罗斯，知更鸟被叫做"朝霞鸟"，因为这种鸟胸脯上的羽毛是朝霞色的。在灌木丛中，活泼的黄雀跳跃着，它们的颜色灰黄相间，像街上的孩子——也那么淘气，那么不停地喊叫着。

追捕昆虫的燕子和雨燕一掠而过，如黑色的箭支，发出愉快和幸福的声音，——长一对轻快的翅膀多么好啊！

笠松的枝叶摇晃着，它们宛如一些大酒杯，注满了阳光就像注满了金色的醇酒一样。

以劳动为生的人们醒来了，他们终生美化世界，为世界创造财富，但却从生到死一直受穷受苦。

是什么原因呢？

这个问题，你以后长大了就会明白，当然，如果你想明白的话，而现在呢，你要学会热爱太阳，热爱一切快乐和力量的源泉，要快活、要善良，就像对万物一视同仁的善良的太阳一样。

人们醒了，他们向田野走去，向自己的劳动场所走去。太阳看着他们，微笑着，它最了解人们在大地上做了多少好事，它曾看到过从前的大地是一片荒凉，而如今则满是人们——人们祖祖辈辈创造的伟大劳动成果，除了那些严肃的、孩子们现在还不理解的事物之外，他们还创造了各种玩具和世上一切令人高兴的东西，如电影院。

啊，我们的先人劳动得多么出色！他们在我们周围所创造的一切伟大劳动成果是多么值得爱惜和尊重啊！孩子们，不妨想一想，人在大地上劳动的童话是世界上最有趣的童话呀！

田埂上的玫瑰正在泛红，各处的花儿都在微笑，其中有许多正在凋谢，但它们仍然望着蓝天，望着金色的太阳。它们丝绒似的花瓣簌簌作响，散发出一种甜蜜的馨香，而在蔚蓝色的温暖的洋溢着芬芳的空气里，则轻轻地荡漾着柔情爱抚的歌声：

美终究是美，

即使是在它凋谢的时候；

我们的爱始终是爱，

即使是在我们要死的时候……

白天降临了！

你们好啊，孩子们，愿你们的一生里有无数个美好的白天！

我写的这个东西枯燥吗？

真是毫无办法，人一过了四十岁，就变得有些枯燥了。

作者简介 ❖

蒲宁

（1870 – 1953）

俄国作家。主要作品有《阿尔谢尼耶夫的一生》、《米佳的爱情》、《中暑》、《三个卢布》、《幽蝉的小径》、《大乌鸦》和《巴黎》等。

雾

今天是我们航海的第二天。拂晓时，我们遇到了大雾，雾湮没了地平线，似烟笼一般遮蔽了桅杆，徐徐地在我们四围弥漫开去，同灰蒙蒙的海和灰蒙蒙的天融成了一体。虽说还是冬季，可连日来天气一直暖和得出奇。高加索山脉上的积雪已开始融化，海洋也已吐出开春时节的大量水气。在混沌初开的破晓时分，轮机突然停了，旅客被这突如其来的警笛声和甲板上杂沓的脚步声惊醒了过来，一个个睡眼惺忪、冻得瑟瑟发抖、惊惶不安地聚集到舱面室来，七嘴八舌地议论着。一缕缕的雾，活像一绺绺灰白的头发，晃晃悠悠地贴着轮船飘忽而过。

我记得，起初这引起了极大的惊恐。艉楼上几乎一刻不停地敲着信号钟。烟囱喘着粗气，迸发出令人胆寒的吼声，大家都呆若木鸡地望着越来越浓重的雾。雾忽而扩散，忽而收缩，像滚滚的浓烟似的飘来浮去。有时，迷雾把轮船团团裹住，以致我们相互都觉得对方好似在昏天黑地之中移动的幽灵。这种阴森森的景象，使人觉得仿佛置身在秋日萧瑟的黄昏，阴湿的寒气冻得你直打哆嗦，自己也感到脸都发青了。后来，雾略略开了些，浓淡也均匀了些，也就是说，不再那么杀机四伏了。轮船又开动了，然而行驶得非常胆怯，连轮机转动引起的颤抖也几乎是无声的，船不停地敲响着信号钟；离海岸越来越远，径直朝着南方驶去。那边，真正的夜色，那像阴郁的黑页岩一般重浊的颜色，已泼满浓雾弥漫的天际。使人觉得，在那边，两步之外就是世界的尽头了，再过去便是叫人战栗的广袤的荒漠。打横桁上、门槛上、缆索上落下一滴滴水珠。从烟囱里飞出来的湿漉漉的煤粒，像黑雨一般下到烟囱的四周。真想看看清楚在那阴森森的远方有些什么东西，哪怕看到一件东西也好，然而雾包围着我，它就像梦，使听觉和视觉都迟钝了。轮船好似一艘飞艇，眼前是灰蒙蒙的混沌世界，睫毛上挂着冰冷的如蛛丝一般的水气，在离我不远的地方，有个水手一边抽烟，一边咬着又湿又咸的小胡髭，我有时觉得他仿佛是梦中的人……到傍晚六点钟的时候，我们又都走出舱房。

桅杆上那盏电灯突然透过迷雾射出了亮光，远远望去，活像是人的一只眼睛。从又粗又短的烟囱里庄严地喷出一团团黑烟，低低地悬在空中。艄楼上，毫无必要地单调地敲响着信号钟，不知在哪里，"强音雾笛"正在阴森森地、凄厉地鸣叫……也许实际上并没有什么强音雾笛，这只是由于紧张过度而造成的听觉上的错觉。在漫无涯际的神秘的雾海之中，耳朵往往会觉得有什么东西在鸣响……晦暗迷蒙的雾越来越阴郁了。在高处它同苍茫的天空融合在一起，在低处则在轮船的四周踯躅，几乎都要贴到在船的两侧轻微拍溅着的海水。冬日漫漫的长夜降临了。

忧悒的白昼害得大家无时无刻不在等待海难，人人都因此而精疲力竭了。为了补偿白天所受的惊吓，乘客们和水手一起挤在饭厅里。轮船外已是伸手不见五指的黑夜，可是轮船内，我们这个小小的世界里却明亮、热闹、人头挤挤。人们打扑克、饮茶、喝酒，侍者川流不息地在酒柜和饭桌间来来去去，乒乒乓乓地打开着瓶塞。我躺在下边的卧舱里，听着头顶上杂沓的脚步声。不知是谁弹起了钢琴，奏出了一支旋律忧伤得有点做作的流行的华尔兹舞曲，于是

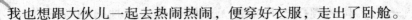

我也想跟大伙儿一起去热闹热闹，便穿好衣服，走出了卧舱。

那天晚上，所有的人大概都很愉快，至少我觉得是这样，我们很高兴可以如此无忧无虑地度过今宵。大家都把迷雾和危险抛置脑后，尽情地跳着舞、唱着歌、眼睛炯炯放光。后来，大家终于累了，想去睡觉了……于是宽大、闷热、空气混浊、灯光已亮得有点病态的饭厅内，人终于渐渐走空。等到半小时后，那儿就像船上绝大多数地方一样，已经一片漆黑。间或从甲板上传来当当的钟声，在万籁俱寂的时刻，这钟声听来非常恐怖。后来钟声也越来越稀疏，越来越稀疏了……万物仿佛都已死去。

我沿着走廊，走到了下甲板，在舱面室里背靠着冰凉的大理石墙，坐了一会儿……突然，连舱面室的电灯也熄了，我顿时成了瞎子。我在心里哼着这天晚上人们唱的歌曲和弹奏的乐曲，摸黑走到梯子跟前，踏着梯级，朝上甲板走去，可才走了几级，脚就不由得站停了，月夜的美丽和忧伤震慑了我。

啊，这是个多么奇异的夜晚呀！时光已经很晚，大概不消多久便要拂晓。就在我们刚才唱歌、喝酒、嘻嘻哈哈地讲着废话的当儿，在这里，在这个我们所不理解的，由太空、迷雾和海洋汇成的世界中，那温柔、孤单、始终郁郁寡欢的月亮冉冉地升了起来，让幽深的子夜笼罩万物……就跟五千年前、一万年前一模一样……雾紧紧地箍住我们，叫人看看也毛骨悚然。在迷雾中央，就像某个神秘的魅影那样，残夜的一轮黄澄澄的月亮一面向南方坠落，一面呆呆地停滞在苍白的夜幕上，好似人的眼睛。从光晕构成的向四周远远扩散开去的巨大的眼眶中俯视着人间，为轮船照出一个圆圆的深邃的孔道。这圆形孔道中具有着某种《启示录》式的东西……同时，某种不属人间的、永远沉默的奥秘存在于这坟墓般的岑寂中，——存在于今天的整个长夜中。存在于轮船中，存在于月亮中，此刻月亮正近得惊人地紧挨着海面，以惆怅而又冷漠的表情直视着我的脸庞。

我慢慢地走完梯子最上边的几级，倚身在栏杆上。整条轮船都在我脚下了，戳出在船体外的木头舷桥上和甲板上，东一滩西一滩长长的水迹，闪烁出昏暗的光，——这是浓雾的残痕。栏杆、缆索和长凳投下像蛛丝一般轻盈的烟色的阴影。轮船、烟囱和轮机都显示出它们的中央是极其沉重的，是十分稳固的，而一根根栏杆则高耸入云，在那里晃动。但是整条轮船却仍然给人以轻盈感，活像一个化作轮船的匀称有致的幽灵，驻足在苍白的月光掀开一线雾幕而露出的孔道上。海水低低地卧在右舷外，平坦得几无一丝波纹。它，那海水，神秘地、悄无声息摇晃着，流入浴满月光的似轻烟一般的迷雾之中，闪烁出粼粼的波光，活像是无数忽隐忽现的金蛇。可是这闪光在离我二十步外就渐渐消失，再远些只能隐隐约约地看到了，变得就像失去了光泽的死人的眼睛。我举目仰望，又觉得这轮月亮是某个神秘的魅影所变幻成的苍白的形象，而这无边的寂静则是一种奥秘，这种奥秘有一部分是我们永无可能认识，永无可能索解的……

蓦地里，艄楼上响起了信号钟。钟声悲凉地一阵紧接着一阵，打破了深夜的寂静，就在同时，从前方传来了忙乱的喧声和话语声。刹那间，我预感到即将发生什么危险，便睁大眼睛，紧盯着昏暗的雾，突然，一盏血红的信号灯好似一颗巨大的红宝石，在迷雾中越升越高，迅速地向我们移近。在信号灯下，一排灯火通明的舷窗像是一长串晦暗的金色斑点。一面在水气中漫延开去，一面向我们漂近来，而明轮转动的喧声，起初像是越来越近的瀑布倾泻而下的哗哗声，后来已可以听出叶片飞速转动的声音，可以分辨出海水卷入叶片和洒落下来的声音。我们船上值更的水手，像所有从梦中突然惊醒过来的人那样，一副慌里慌张的样子，机械地、不按章法地敲着信号钟，烟囱随即沉重地喘了口粗气，竭尽全力鸣响了阴郁的汽笛，震撼了轮船的整个骨架。从雾中传来了回答，很像是火车头拉响的汽笛声，但这声响亮的汽笛很快就消失在迷雾中了。此后，连明轮的喧声和红色的信号灯也慢慢地消融在雾中了。

刚才与我们交会的那艘轮船的喧声和汽笛声中，有着某种气势汹汹的寻衅的味道，——大概那艘轮船的船长是个刚愎自用、目空一切的年轻人——然而面对这样的长夜，凡间的勇敢又算得了什么呢！

"我们在哪儿？"我忽然想到。值更的水手们大概又都在打瞌睡了，乘客也全都坠入了黑甜乡，——大雾使我心神不定……我想象不出，我们此刻身在何处，因为黑海的这一带我过去从未来过……我不理解这天夜里那种沉默的奥秘，一如我不理解生活中的一切。我是孤独的，孑然一身，我不知道我为什么要活在这个世界上。不知道为什么要有这样一个奇异的夜，也不知道为什么这艘睡意蒙胧的轮船要漂浮在这睡意蒙胧的海上？而最主要的是我不知道为什么这一切不是一目了然，而是充满着某种深奥、神秘的含义？

我被这岑寂的夜，被世上所从未有过的这种岑寂迷住了，我完全听命于这岑寂的主宰。有一瞬间，我恍惚听到在极远极远的地方，有只雄鸡在喔喔啼唱……我不由得笑了。"这是不可能的。"我想道，心情愉快得难以理解，此刻我觉得我以往生活中的一切都是那么渺小，那么乏味！要是这会儿我看到凌波仙子飞升到月亮上，也不会感到惊奇的……我不会感到惊奇，哪怕看到落水的女鬼浮出水来，坐到放下来的救生艇上，紧挨着客舱的舷窗，周身染满苍白的月色……此刻月亮正直视着这些圆圆的舷窗，用行将熄灭的光华照亮沉睡着的人的脸，而他们睡在那里，则像一个个死人……要不要叫醒什么人？不，何必呢！此刻我不需要任何人，任何人也不需要我，我们相互间是格格不入的……

那种永远摆脱不了的巨大的忧伤反使我的心绪变得难以言说的宁静，这种宁静主宰了我。我思索着常常吸引着我的那些事，思索着地球上的一切生物，思索着古代的人类，这轮月亮曾看到过他们所有的人，但是在月亮眼里，他们大概都是渺小的，彼此长得一模一样，以致月亮都没有发觉他们在地球上消失。但是此刻我觉得他们与我也格格不入，因为我没有产生经常产生的那种强烈的渴望，渴望去经受他们的种种经历，渴望同亿万年之前生活过、恋爱过、痛苦过、欢乐过，然后匆匆逝去，没有留下一丝痕迹地消失在时光和世纪的黑暗之中的人融成一体。然而有一点我是深信不疑的——这便是存在着某种比遥远的古代更崇高的东西……也许，这东西就是今夜默默地蕴藏着的那种奥秘吧。我第一次想到，也许正是人们通常称之为死亡的那件伟大的事，在今夜凝视着我的脸，我第一次如此宁静地迎候它，并且像人们应当理解它那样地理解了它。

早晨，当我睁开眼睛时，我感到轮船正在全速行驶；感到从好几扇打开的舷窗内拂来海滨的微风。我从铺位上跳了下来，周身重又充满一种下意识的对生活的乐观感。我迅速地漱洗完毕，穿好衣服。轮船的走廊里响起了响亮的铃声，召唤大家去用早餐，于是我打开卧舱的大门，兴冲冲地把擦得乌黑锃亮的皮靴，橐橐地踩着梯子，向上登去。后来我笑盈盈地坐在甲板上，为我们必定会经历的一切，向上苍表示一种孩童式的真挚的感激。我觉得所以要有黑夜，所以要有迷雾，是为了让我更爱、更珍惜早晨。而早晨是柔和的，阳光明媚的，——如绿松石一般春光曼丽的天空高悬在轮船上边，海水则轻盈地拍溅着船舷，奔流而去。

作者简介 ◆　　俄国著名散文家。散文集以《大自然的日历》、
《叶芹草》和《林中水滴》等为代表。
普里什文

（1873－1954）

# 欢　乐

痛苦在一颗心中愈积愈多，就会在晴朗的一天像干草一样燃烧
起来，放出一团无比欢乐的烈焰而统统燃尽。

胜利

我的朋友，如果你自己失败了，那么无论在北方，也无论在南
方，都没有你立足之地了，整个大自然对于一个失败的人说来，就
是打了败仗的战场。但是如果你胜利了，哪怕只有荒凉的沼泽是你
胜利的见证，那么沼泽也会百花竞开、万紫千红，而春天对你说来
将永远是春天，是胜利的颂歌。

最后一个春天

也许，这个春天是我最后一个春天了。每一个年轻的和年老的
人在迎接春天的时候，当然应该想到，也许这是他最后一个春天，
他永远也不会返回到这个春天了。这么一想，春天的欢乐便会增加
千万倍，每一个细小的东西，比如苍头燕雀，甚至一个油然而至的
词儿，也都会各具特色，而且都会用某种方式声明，在这最后一个
春天里，它们也应该有存在和共享春光的权利。

近在眼前的离别

时序到了秋天，不消说，周围万物都在悄悄地诉说着近在眼前的离别了，在喜气洋洋、阳光明媚的一个日子，这一片悄声细语中，加入了一种激越的声音，虽然只是一种声音，但那是我的！我寻思，也许我们的整个生活就像是一个日子，全部的人生智慧也可归结为同样的道理：只有唯一的一种生活，就好像秋天里唯一的阳光明媚的一个日子，而且是我的一个日子一样！

杜鹃

一棵白桦树倒在地上，我坐在树上休息的时候，一只杜鹃没有留意到我，几乎就在我身边落下来，并且发出一种吐气的声音，仿佛对我们这样说："好吧，我来试试，看怎么样？"于是就"咕"地叫了一声。

"一！"我数了起来，照老习惯猜测我还能活几年，"二！"

它刚叫了第三声"咕"，恰好我也刚想数我的"三"……

"咕！"它叫罢就飞走了。

我竟没有数成我的"三"。这么说，我的日子不太多了，但是这并不恼人，我活得够了，恼人的是，这两年挂零的时间如果老在准备做一件特大的事，等到万事俱备，动起手来，不料"咕"的一声……那就一切都完了！

那么值不值得去准备呢？

"不值得！"我想。

然而我站起身来，最后看了一眼白桦树时，便不觉心花怒放起来，这棵了不起的倒树，正为了自己最后一个春天，只为了今年这个春天，吐露着饱含树脂的幼芽呢。

大地的微笑

在像高加索那样的绵绵崇山里，到处都留有地壳生活中的大规模斗争和变迁的痕迹，有如人脸上的痛苦模样和恐怖怪相。那儿简直可以亲眼见到激流劈山、乱石滚滚。只不过那是遥远的往事了，如今水已不再逞威，这儿的大地上留着点点林木蓊郁的绿色小丘，煞像堆起了笑容。

举目遥望这片可爱的小丘，回忆自己的往昔，有时不免要想："不，我不愿意再重温旧梦，不愿意再返老还童了！"于是就和大地一起微微含笑，若有所喜。

林中的太阳

好一片密林，密得叫人无法一下子看到天际的太阳，只有凭了斑斑驳驳的和像箭似的金光，你才能猜到太阳就藏在那棵大树后面，从那儿向着黑暗的林中投来清晨的斜光……

从敞亮的空地走进林中，就像进了山洞一般，但是你若环视四周，真是妙极了！在阳光明艳的日子里，处身于黑暗的林中，简直是美不可言。我想那时无论是谁，尘思会顿然消失，心境会豁然开旷。那时欢愉的思绪将会从一个光斑飞向另一个光斑，一路飞到阳光明艳的空地上，突然抱住一棵枝叶扶疏有如小塔楼似的云杉，像毫不懂事的小姑娘似的为桦树的白皙而神迷，把红喷喷的小脸蛋藏到它那郁茂的绿叶中，在阳光下兴冲冲地再从一个空地奔向另一个空地。

老椋鸟

椋鸟孵化出来，都飞走了，原来栖身的椋鸟巢，早已被麻雀占据了。但是直到今天，在露珠辉映、风清气爽的早晨，老椋鸟还要飞到这棵苹果树上来，放声歌唱。

看来真怪，百事都已了结，母鸟生育早毕，雏鸟也长成飞走……老椋鸟究竟为什么还要天天早晨飞到曾经度过它的春天的苹果树上来，放声歌唱呢？

我对那椋鸟惊讶不已，听着它那含糊不清、十分可笑的歌声。我怀着一种莫名的希望，没来由地有时候也写几句东西。

小鸟

一只小极了的鸟儿，落在一棵最高的云杉梢头上。它落在那儿看来是不无原因的，它也在歌颂朝霞哩；它那小嘴张开着，但是歌声没有传到地面上来，看它那副神态可以明白：它的事就是歌颂，而不在于让歌声传到地面上来，歌颂小鸟本身。

开花的草

像田野上的黑麦一样，草地上的禾本科植物也都开花，当昆虫微微摇动那小小的植物的时候，花粉就像金色的云一样把它笼罩。所有的草都开花，就连车前草也不例外——车前草算什么草呀，也浑身挂满了白白的珠串。

拳参、肺草，各种各样的小穗，状如小纽扣似的东西，小球果，它们都被细茎托住，频向我们致意。随着人间岁月的流逝，它们也不知道逝去了多少，但是看来依然是同样的拳参和小穗，同样的老朋友。你们好啊，你们好啊，亲爱的！

野蔷薇开花

野蔷薇大概早从入春以来就顺着小白杨的树干往上爬，想要钻到它的枝叶中去。如今白杨树庆祝自己的命名日，野蔷薇就满树怒放着红艳艳的香气扑鼻的鲜花。蜜蜂和黄蜂嗡嗡叫着，丸花蜂低吟着，它们都飞来祝贺命名日，喝点清露，采蜜回家。

鼓鼓的水泡

成天细雨蒙蒙，天气闷热。青鸟的歌声不像以前了——那是在温暖的阳光中，为求偶而歌唱的。现在它沐着春雨，不断地鸣叫，它淋了雨，看去仿佛变瘦了：在树枝上显得那么娇小。乌鸦连树都不愿意上，干脆在路上发情，苦苦哀求，声音哽塞嘶哑，心焦得喘不上气来。

水的春天匆匆来到：田野和森林里的雪都成粒状了，走路时可以像滑雪板那样移动脚步。森林里一棵棵的云杉树下，出现了小小的平静的水塘。在宽敞的空地上，急雨如注，却没有在水洼上冒起水泡。但在云杉树下的水塘中，树枝上掉下沉重的水滴，每一滴都在水中冒起鼓鼓的、饱满的水泡。

我喜欢这些水泡，它们使我想起了既像父亲又像母亲的婴儿。

亲爱的茶炊

有时心中是这样的恬静，这样的莹澄。你以这种心境去观察任何一个人，如果他漂亮，你就会赞美，如果丑陋，你就会惋惜。那时，你无论遇上什么物件，都会感觉到那里面有把它创造出来的人的心。

此刻我在摆弄茶炊，这是我使用了三十年的一个茶炊。我亲爱的茶炊这时候火着得格外欢快，我小心地侍弄，免得它沸腾起来的时候，淌下眼泪来。

韵律

我的天性中，素来有渴求韵律的愿望。有时早晨起来，迎着露水出去，心旷神怡，就会打定主意，应该每天早晨这样出去。为什么要每天早晨呢？因为一浪赶一浪啊……

水

在大自然中，谁也无法隐藏自己的心迹，就像水把什么都隐藏在自己的深处一样。只有面对洋溢着喜气的漫天朝霞时，人的心里才会这样：原先设法隐藏，仿佛埋进了内心的深处，而这深处却有一条支流通向同一血统的世界，从那儿汲取一点起死回生的神水，回到我们人世间，这时，你的面前就会豁然呈现一片浩渺无际、绚烂多彩、耀眼生花的凝静水面。

幼嫩的小叶子

云杉开出红蜡似的花，飘落着黄色的花粉。在一个巨大的老树墩旁边，我径直坐在地上，这个树墩的内部完全是朽物。要不是树墩边上坚固的木质还没有像木桶片似的散裂，每一片木头不紧贴着朽物，不给它支持，它就一定会全部解体了。但是，朽物里边却长出了一棵小白桦树，业已枝繁叶茂。还有许多各色各样结浆果的开着花的草，从周围衬托着这个巨大的老树墩。

树墩把我吸引住了，我坐在小白桦旁边，满心想要听听小叶子颤抖的簌簌声，却什么也听不见。风相当大，云杉上的林涛送来一阵阵强劲的乐声。有一阵乐声没有传到这儿来，只听见它远去了，声幕落了下来，片刻间出现了一片沉寂，苍头燕雀就趁机一个劲儿欢快地啁啾起来。听它欢叫，真叫人兴奋——你会想到，生活在大地上是多么美好！然而我真想听听我那棵白桦上浅黄色、亮闪闪、有一股清香、还不大的树叶的簌簌声。不！它们还是这样的幼嫩，只会颤抖、闪光、发香，不会作声啊。

在老树墩旁边

森林里是从来也不空的，如果觉得空，那是自己错了。

森林里一些老朽树的巨大树墩，它们周围原是一片宁静。热烘烘的阳光穿过树枝，落到它们黑暗的身上。树墩一发热，周围的一切便得到温暖，成长起来，活动起来，树墩上也长出了新绿，终被各色繁花覆盖上了。仅仅在太阳所照到的一个明亮发热的光点上，就停着十只螽斯、两只蜥蜴、六只苍蝇、两只步行虫……高高的蕨草像宾客似的云集四周，不知在哪儿喧响的风儿，间或百般温柔地向它们轻轻吹拂，于是老树墩客厅里的一棵蕨草就俯身向另一棵蕨草，悄悄说什么话，那一棵草又向第三棵草说话，以至所有的客人都交头接耳了起来。

在溪边

小白桦树虽早已展枝吐叶，却隐没在高高的青草中了。当年我拍摄它们的时候，还是在第一个春天，那时在这棵小白桦树底下的雪中，有一条小溪的源头，溪水在一片发青的雪地中流去，看去像一条黑带。自从那些小白桦葱茏郁茂，树下长出各种带着五颜六色的小穗、小球果、小叶柄的草以来，小溪中有许多许多的水流走了，小溪本身也长满了墨绿的浓密的藁草，密得使我没法知道溪里现在还有没有一点水。这正如我本人眼下的光景：自从我们分别以来，不知有多少水流走了，如今凭我的模样，谁也没法知道我心灵的小溪仍然在欢腾。

水的歌声

水的春天集中了彼此相近的声音，有时，你半天也分不清那是水声汩汩，还是黑雷鸟低吟，还是蛙鸣。一切都汇合为水的歌声，田鹬在水面上和谐地像神羊似的叫着，山鹬和着水声发出嘶哑的声音，麻鹏神秘地呜呜不休：这奇怪的鸟鸣全都出于春水之歌。

风吹琴的乐声

悬挂在陡岸下面的又密又长的树根，如今在黑魆魆的岸边凹处的下面变成了一根根冰锥，愈来愈长，直达水面。春风徐来，水波微兴，冰锥末端禁不住晃晃悠悠，彼此碰撞，发出叮叮咚咚的响声。这响声，是春天的初声，是风吹琴的乐声。

第一朵花儿

我以为是微风过处，一张老树叶抖动了一下，却原来是第一只蝴蝶飞出来了。我以为是自己眼冒金星，却原来是第一朵花儿开放了。

致不认识的朋友

今天这阳光明媚、清露辉映的早晨，有如尚未开发的土地和未经考察的空层。这个独一无二的早晨，谁都还没有起床，谁都没有看见什么，而你是第一个看见。

夜莺快唱完它们的春歌了，幽静的地方还留有蒲公英，铃兰也许还在哪儿阴湿的地方发着白色。伶俐的夏鸟鹟鹩帮上了夜莺的忙，而黄鹂的长笛声尤为悠扬。鸫鸟不安的唧唧叫声到处可闻，啄木鸟却已十分疲倦，不再为它的子女寻找活的食物，干脆远离它们停在树枝上休息。

起来吧，我的朋友！收集你的幸福之光吧，勇敢一些，开始奋斗。帮太阳的忙吧！你听，连布谷鸟都来帮你的忙了。你瞧，鸟在水上漫游，这不是一只普普通通的鸟，在今天早晨，它是第一只，是独一无二的一只，再瞧那些喜鹊，身上露水闪闪发光，走到小路上来了，——明天它们就不会完全像今天这样闪光了，而且明天也不同于今天了，——这些喜鹊也会在别的什么地方了。这是个独一无二的早晨。整个地球上哪一个人都没有见到这个早晨，只有你和你的不认识的朋友见到它。

千万年来人们生活在大地上，彼此赠送着欢乐，把它积聚起来，是为了你来拾起它，高高兴兴收集它的万般妙趣。勇敢一些。勇敢一些吧！

一见云杉、小白桦，心胸又开阔起来。我目不转睛地望着松树上宛如绿色蜡烛似的花，望着云杉上鲜嫩的红球果。云杉、小白桦，多么美啊！

最高的一轮枝叶

昨日的残雪今晨仍未消融。后来出了太阳，但整天朔风凛冽、浓云飘浮。浓云时而让太阳露脸，时而又把它遮没，不祥地预示着……

在森林里背风的地方，却照样充满了春天的生机……

简直如同一个令人神往的童话，你瞧树上一层层旁行斜出的枝条垂挂下来，彼此相连，或纠结在一起，虽没有浓翠的繁叶，却已开出朵朵萎黄花，或已育出长长的挺秀的绿芽。

稠李结了一串串青色的花苞，接骨木上星星点点满是带细毛的红花，那早春的柳树，已有极细的嫩黄的花儿从原先的毛茸茸的小柳荑下面绽出，一簇簇的就像刚刚破壳而出的黄毛鸡雏。

就连并不老的云杉的树干，也像长了毛似的布满了绿色的细针叶，而在最高层的一轮枝叶中的一根最高的树枝上，正在明显地现出未来一轮新枝叶的新节子……

我的意思并不是要我们这些复杂的成年人回到童年去，而是希望每个人都能在自己的心里保持着童年。永远不要忘记它，并且像树那样安排自己的生活：年幼的一轮枝叶总是在树冠上的亮处，而树干是它的实力，这树干就是我们成年人。

隐蔽的生活

在这百花争艳的林中空地上，很早以前是住过人的；你瞧那一圈看来是挖掘过的痕迹，再瞧那一处也是挖掘过的，那儿也许曾是房子，这儿是地窖，从草地上那一溜青草的浓绿颜色看来，可以猜想到那是一条路，早已死去的人曾在这条路上行走。

我在这一溜草上走着，心中不免悠然遐想起来，我竟能从自己身上发现那个早已死去的人，当年他走在这条路上，如今借了"我"的形骸走在浓绿的草上。

这个人在我身上复活以后，我便在一棵巨大的柞树下，凭了鲜嫩的青草，看到了另一棵大树的深绿色的形象。稍加思索，我便猜到了，同这棵树曾长久地生长在一起的另一棵柞树，早已倒地，化为尘埃，成为肥料，养育出了嫩草地上的浓浓的绿茵。

幼芽发光的晚上

幼芽正在开放，像巧克力的颜色，拖着绿色的小尾巴，而在每个绿色的小嘴上挂着一大颗亮晶晶的水珠。你摘下一个幼芽，用手指揉碎，可以闻到一股经久不散的白桦、白杨的树脂香味，或是稠李的惹人回忆往昔的特殊香味。你会想起，从前常常爬到树上去采那乌亮乌亮的果实，一把一把地送进嘴里连核吃下去，那么样的吃法，除了痛快以外，不知怎的从未有过一点儿不适的感觉。

晚上温暖宜人，静得出奇，你预料会有什么事就要发生，因为在这样寂静中，总会有事的。果然不出所料，树木仿佛彼此间开始对话了：一棵白桦同另一棵白桦远远地互相呼唤，一棵年幼的白杨像绿色的蜡烛似的立在空地上，正在为自己寻找一支同样的蜡烛；稠李们彼此伸出了抽花吐萼的枝条。原来，同我们人类比较的话，我们人类彼此招呼用的是声音，它们用的却是香味：此刻每一种花木都散发着自己的香味。

天色暗下来的时候，幼芽消失在黑暗中了，但是幼芽上的水珠却闪闪发光，就连在灌木丛中黑咕隆咚什么也看不清的时候，水珠仍在发光。只有水珠和天空在发光：水珠从天空把光取来，在黑暗的森林中给我们照亮。

我仿佛觉得自己的全身缩小为一个饱含树脂的幼芽，想要迎着那独一无二的不认识的朋友开放。那是一个非常好的人，我只要一等起他来，一切妨碍我行动的东西都会像尘烟一般消散了。

林中小溪

如果你想了解森林的心灵，那你就去找一条林中小溪，顺着它的岸边往上游或者下游走一走吧。刚开春的时候，我就在我那条可爱的小溪的岸边走过。下面就是我在那儿的所见、所闻和所想。

我看见，流水在浅的地方遇到云杉树根的障碍，于是冲着树根潺潺鸣响，冒出气泡来。这些气泡一冒出来，就迅速地漂走，不久即破灭。但大部分会漂到新的障碍那儿，挤成白花花的一团，老远就可以望见。

作者简介 ◆

帕乌斯托夫斯基

（1892－1968）

俄国作家。主要作品有《伊萨克·列维坦》、《塔拉斯·谢甫琴柯》、《北方故事》等。

面向秋野

今年的秋天自始至终又干燥又暖和。白桦树林老不发黄，青草老不枯萎，只有浅蓝色的薄雾（老百姓管它叫"旱雾"）笼罩着奥卡河广阔的水面和远处的森林。

旱雾时浓时淡，宛如一块毛玻璃。透过它，可以看到河岸上一排排老爆竹柳朦胧的幻影，看到一片片枯萎的牧场和一垅垅绿油油的冬麦田。

我驾着一叶小舟顺流而下。蓦地，我听到天上传来一种声音，仿佛有人开始小心翼翼地把水从一个明亮的玻璃器皿注入另一个同样的器皿。这水声时而汩汩，时而玎玲，时而潺潺。这些声音充满了河面与天穹之间的整个空间，这是鹤鸣。

我抬头望去，只见一大群鹤排成一列一列，笔直朝南飞去。它们满怀信心、步调整齐地飞向南方——太阳在那边奥卡河的河湾里嬉戏，发出熠熠金光；它们飞向塔夫利达——一个名字具伤感的诗句，他是怎样得来的呢？

巴拉丁斯基这首诗具有一个杰作的典型特点——它长久地，几乎是永久地活在我们心中。我们自己也在丰富它，仿佛跟随诗人把它考虑得更成熟，并把诗人未尽之意发挥出来。

新的思想、形象和感情不断云集在脑子里。每一行诗都在燃烧，仿佛河对面大片大片的森林一天比一天强烈地显现出火红的秋天景色，仿佛四周繁花似锦、盛况空前的九月景象。

显然，真正的杰作必须具有这样一个特点：让我们步其真正作者的后尘，也变成和他平等的作者。

我在上面说过，我认为莱蒙托夫的《遗言》是一篇杰作。这自然是正确的。但是莱蒙托夫几乎所有的诗都是杰作啊。如《我独自一人走上了广阔的大路》、《最后的新居》、《短剑》、《请你千万不要讥笑我这预言的悲哀》和《幻船》，没有必要一一列举了。

除了诗歌杰作以外，莱蒙托夫还留给我们一些像《塔曼》这样的散文杰作，它们像诗歌一样洋溢着他那心灵的热情。他悲叹自己把这种热情无望地浪费在孤寂的大荒漠中。

他是这样认为的，然而时间证明，他丝毫也没有浪费这种热情。这位在战斗和诗歌中都一无所惧的、其貌不扬的、好嘲笑人的军官的每一行诗，世世代代都将为人们所喜爱。我们对他的爱有如一种温柔的报答。

从休养所那边又传来了熟悉的歌声：

别给我增添盲目的忧闷，

别再谈过去的事情，

啊，关心备至的朋友，

别惊扰病人的美梦！

歌声很快沉寂下来，河面上又恢复了寂静。只有一艘喷水式汽艇在河湾后面发出轻微的噏噏声，还有几只不安静的公鸡在河对面大声啼叫，每逢天气发生变化——不管是天晴还是下雨，都同样叫个不停。札博洛茨基管它们叫做"夜的星占家"。他逝世前不久住在这儿，并且经常来奥卡河过渡。住在河边的人一天到晚在那儿逛来逛去。在那儿可以听到一切新闻和五花八门的故事。

"简直像马克·吐温的《密西西比河上的生活》！"札博洛茨基

说，"只要在岸上坐一两个小时，就可以写一本书。"

札博洛茨基有一首描写大雷雨的好诗：《闪电痛苦得抖动，驰过世界上空》。这自然也是一篇杰作。这首诗里有一个能够引起强烈创作冲动的句子："我爱这喜色盈盈的昏暗，短促的夜充满灵感"。札博洛茨基说的是大雷雨之夜，"远方传来了第一阵惊雷——用祖国语言写下的最初的诗篇"。

很难说是什么原因，札博洛茨基关于充满灵感的短促的夜的诗句使人产生一种创作冲动，召唤人们去创作那种处于不朽界线上的、颤动着生活脉搏的作品。它们能够轻而易举地跨过这条界线，永远铭刻在我们心中——它们是这样光华熠熠、自由奔放，能够征服最冷酷的心。

就其思想之清晰、诗句之奔放和成熟、魅力之巨大而言，札博洛茨基的诗常常可以同莱蒙托夫和丘特切夫的作品媲美。

现在，再回过头来谈莱蒙托夫的《遗言》。

不久前，我读了一部关于蒲宁的回忆录。它谈到蒲宁晚年怎样如饥似渴地注视着苏联作家们的工作。他患了重病，躺在床上，但却老是请求，甚至强烈要求把从莫斯科收到的所有新书给他拿来。

有一次，别人给他拿来特瓦尔陀夫斯基的长诗《瓦西里·焦尔金》。蒲宁开始读了起来，突然，亲人们听到他的房间里传出了富有感染力的笑声。亲人们感到惊恐不安，因为蒲宁近来很少发笑。亲人们走进他的房间，看见蒲宁坐在床上。他的眼里噙满了泪水，双手拿着特瓦尔陀夫斯基的那部长诗。

"多了不起啊！"他说，"多好啊！莱蒙托夫把出色的口语引进到诗歌里，而特瓦尔陀夫斯基把完全大众化的士兵语言勇敢地引进到诗歌里。"蒲宁高兴得笑起来了。当我们遇到某种真正美的事物时，我们常常是这样的。

我们很多诗人——普希金、涅克拉索夫、布洛克（在《十二个》中）掌握了赋予日常生活语言以诗的特点的秘密，但是在莱蒙托夫笔下，不管是在《波罗金诺》里，还是在《遗言》里，这种语言都保持着所有最细微的口语语调。

　　……难道指挥官胆子这样小，

　　不敢用我们俄国的刺刀

　　戳烂鬼子的军衣和军帽？

　　人们通常认为，杰作是不多的。恰恰相反，我们处在杰作的包围之中。

　　我们往往不能一下子发现，它们怎样照亮了我们的生活，世世代代怎样不断放出光芒，使我们产生崇高的志向，给我们打开最伟大的宝库——我们的大地。每遇到一部心爱的杰作就是对人类天才的光辉世界的一次突破。它往往令人又惊又喜。

　　不久以前，在一个舒适的、略带寒意的早晨，我在卢佛尔宫参观了萨莫色雷斯的胜利女神塑像。这尊塑像简直叫人百看不厌，逼着你非看它不可。

　　这是一位报告胜利消息的女神。她站在一艘希腊船只的笨重的船头——全身处在逆风、喧嚣的海浪和急剧的运动之中。她的双翼带着伟大胜利的消息。她的身体和随风飘舞的衣服上的每根欢乐的线条都清楚地表明这一点。

　　卢佛尔宫外面，冬天的巴黎在灰白色的雾霭中显得一片昏暗。这是一个奇怪的冬天，街头小贩摊上堆积如山的牡蛎发出一阵阵海水的腥味，还有炒栗子、咖啡、葡萄酒、汽油和鲜花的气味。

　　卢佛尔宫装有暖气设备。从镶在地板上的漂亮铜格栅里吹来阵阵暖风。这种暖风稍微带一点尘土味。如果早一点进卢佛尔宫，一开门就立即进去，那你就会发现，许多格栅上一动不动地站着许多人，多数是老头子和老太婆。

　　这是正在取暖的乞丐。威严、机警的卢佛尔宫卫士不去干涉他们。卫士们装出一副根本没有看见这些人的样子，尽管他们不可能看不见。例如一个裹着一条破旧的灰色方格毛毯，样子很像堂·吉珂德的老乞丐，就在德拉克洛瓦的画前冻僵了。参观的人也似乎啥都没看见。他们只想快点从这些默默无言和一动不动的乞丐身边走过去。

我记得特别清楚的是一个小老太婆。她那枯瘦的脸不断地哆嗦着，身上披着一件由于年深日久早已由黑色变成棕黄色的油光闪亮的斗篷。这种斗篷只有我的奶奶披过，但是她所有的女儿，也就是我的姑姑们都很有礼貌地取笑她。即使在那些遥远的岁月里，这种斗篷也并不时髦。

卢佛尔宫的这位老太婆抱歉地笑着，时而专心致志地在一个破旧的小提包里翻几下，但是很清楚，除了一条破旧的手帕以外，提包里一无所有。

老太婆用这条手帕揩着泪盈盈的眼睛。这对眼睛里饱含着羞愧的痛苦，卢佛尔宫的很多参观者看了大概都会感到寒心。

老太婆的双腿明显地战栗着，但她不敢离开暖气装置的格栅，生怕别人马上把它占去。

一位上了年纪的女画家站在附近的画架后临摹波堤切利的一幅画。女画家毅然走到墙边，那儿有许多丝绒坐垫椅子。她拿了一张沉甸甸的椅子，走到暖气装置跟前。厉声对老太婆说：

"坐下！"

"谢谢，太太。"老太婆喃喃地说。她迟疑地坐到椅子上，突然低低地弯下了腰，弯得那么低，远远望去，仿佛她的脑袋一直垂到了膝盖。

女画家回到自己的画架跟前。服务员目不转睛地注视着这一幕，但却待在原地未动。

一位面带病色的美妇人牵着一个八岁左右的小男孩走在我的前面。她弯下身对小男孩说了几句话。小男孩跑到女画家跟前，在她背后鞠了一躬，然后鞋跟一碰，大声说道：

"谢谢，太太！"

女画家没有回过头来，只是点了点头。小男孩连忙跑回母亲身边，紧偎着母亲的一只手。他的眼睛闪闪发亮，仿佛完成了一件英雄壮举。显然，的确是这样。他完成了一件小小的壮举，他大概体验到了我们叹着气说"心里一块石头总算落了地"时的那种心情。

我走过这些乞丐身旁，心里寻思道，在人类的这种贫困和痛苦的景象面前，卢佛尔宫所有的稀世杰作都会黯然失色，人们甚至会对它们怀着某种敌意。

然而，艺术的威力是如此强大，任何东西也无法使它黯然失色。用大理石雕刻的女神们温柔地垂着头，因自己那闪闪发光的裸体和人们赞美的目光而羞涩不安。四周的人用多种语言发出兴高采烈的赞叹声。

杰作！绘画和雕刻，思想和想象的杰作！诗歌的杰作！莱蒙托夫的《遗言》在这些杰作中似乎并不突出，但就其朴实而言，它却是一篇不容置辩的完美的杰作。《遗言》只不过是一个胸膛被打穿的临死的伤兵同自己的一位同乡的谈话：

老兄，我很想跟你在一起
好好坐一会，好好聊一聊：
人们说，我在这个世界上
再没有多少日子可活了！
你很快就可以转回家乡；
请看看……但是究竟看什么？
说句老实话，没有什么人
怎么样关心着我的死活。

接下来的一席话严酷得令人满心惊骇，悲伤得令人荡气回肠：

我的父亲和母亲，你恐怕
已经不能再见到他们了……
我承认，我所难过的只是
使他们老人家心上烦恼；

假如他们有一个还活着，

请转告，我也懒得写信了，

就说，队伍早已经去出征，

就说，请他不必再等我了。

这个远离故乡、奄奄一息的伤兵的简洁的话语赋予《遗言》一种悲剧的力量。"请他不必再等我了"，短短的一句话蕴含着巨大的悲痛和对死神的恭顺。在这句话背后，你可以看到遭受无法弥补的丧亲之痛的人们的绝望。我们总觉得亲人是不会死的，他们不会化为乌有，化为尘土，化为模糊惨淡的回忆。

就其悲痛之深刻，精神之壮烈，以及语言的光辉和力量而言，莱蒙托夫的这首诗是一篇不容置辩的最纯粹的杰作。按照我们现在的概念，莱蒙托夫写这首诗时还是个小伙子，甚至几乎是个孩子，和契诃夫创作自己的杰作《草原》和《没意思的故事》时的年岁一样。

河面上空的声音静息了。但我知道，我相信，我还会听到它。它果然没有欺骗我。当头一句突然传来时，我甚至一阵哆嗦：

格鲁吉亚的群山夜色苍茫；

阿拉瓜河在我面前哗哗流淌，

凄凉中我感到快慰：这忧伤多么纯净，

它全是为了你啊，我的忧伤……

这些诗句我真愿意听上一百次、一千次。如同《遗言》一样，这首诗也具备杰作的所有特征。首先是那些表达不朽的悲哀的不朽的语句。这些语句使人感到心情分外沉重。

另一位诗人谈到了每部杰作的永恒的新颖性，他说得异常准确。他的诗句是对大海而发的：

一切都令人厌烦。

只有你叫人百看不厌。

岁月流逝，

冬去春还，

倏忽已过数千年。

大海啊，

你潜身在滔滔白浪，

却乔装

万千株刺槐，白花飘香。

也许就是你

日复一日，把岁月冲个精光。

每一篇杰作都包含着叫人百看不厌的东西——人的精神的完美、人的感情的力量和对我们周围、我们身外和内心世界的一切作出迅速反应的能力。达到更高境界的渴望、达到理想境界的渴望推动着生活向前发展，使一篇篇杰作应运而生。

上面这些话是在一个秋夜里写的。窗外的秋景看不见，因为那儿一片漆黑。但只要走到台阶上，秋意就会立即把你包围起来，而且它那神秘的黑土地略带寒意的清风，它那入夜之后就使水面封冻的第一次薄冰的苦味，就会开始强烈地迎面扑来，那昼夜不停地飘飞的最后一批落叶就会开始絮絮私语。而且透过像波浪一样起伏的夜雾会突然闪现出一点星光。

这时你会觉得，这一切就是大自然的一篇杰作，是大自然送给你的一件延年益寿的礼物。它使你想到，周围的生活充满了诗情画意。

作者简介 ◆

巴甫连柯

（1899－1951）

俄国作家。代表作有小说《草原的太阳》、《东方》、《幸福》，电影剧本《亚历山大·涅夫斯基》、《誓言》、《攻克柏林》。

一句话的力量

当我遇到困难，当怀疑自己力量的心情使我痛苦流泪，而生活又要求我做出迅速和大胆的决定，由于意志薄弱，我却做不出这种决定来的时候，——我便想起一个很老的故事，这是许久以前我在巴库听一位四十年前被流放过的人说的。

这故事对我发生了很大的影响，它鼓舞我的精神，坚定我的意志，使我把这短短的故事当成我的护身符和咒文，当成每个人都有的那种内心的誓言。这是我的颂歌。

下面就是这篇故事，它已经缩短成能够对任何人叙述的寓言了。

事情发生在四十年前的西伯利亚。在一次各党派流放者秘密举行的联席会议上，做报告的人要从邻村来参加会议。这是一个年轻的革命家，名气很大，也很特殊，并且是一位前程远大的人。我不打算说出他的姓名。

大家等他等了很久。他没有来。

把会议延期吧，当时的情况是不允许的，而那些跟他属于不同政党的人却主张他不来也要开会，因为他们说，这样的天气他总归是来不了的。

天气真是实在恶劣。

一个爱尔兰城市的肖像

71

这一年的春天来得很早，山南光秃秃的斜坡上的积雪被太阳晒软了，要想乘狗拉雪橇是办不到的。河里的冰也薄了，发了青，有些地方已经出现薄冰了，在这样的情形下，滑雪来很危险，要驾船逆流而上也还太早：冰块会把船挤碎的，其实即使是最强壮的渔夫也抵不住冰决的冲击力。

然而赞成等候的人并没有妥协。他们一向深知那个要来的人的品格。

"他会来的。"他们坚持说。"如果他说过：'我要来'，——那他就一定会来。"

"环境比我们更有力量啊。"有人急躁地说。

大家争论起来了。忽然窗外人声嘈杂，在木屋跟前玩耍的孩子们也兴奋起来，狗叫着，焦急不安的渔夫们赶紧向河边奔去。

流放者们也从屋子里走出来。他们眼前出现了一个令人惊奇的场面。

有一只小船绕着弯慢慢地冲着碎冰逆流而上。船头站着一个瘦削的人，穿着毛皮短外衣，戴着毛皮耳帽；他嘴里衔着烟斗，用安详的动作，不慌不忙地用杆子推开流向船头的冰块。

起初谁也没注意，这小船既没有帆又没有摩托，怎么会逆流行驶，但当人们走近河边的时候，大家才吃了一惊：原来是几只狗在岸上拖着船前进。

这样的事在这里谁都没有试过，渔夫们惊奇得直摇头。

其中一位年长的人说：

"我们的祖先和父辈们在这儿住了多少代，可是谁也没敢这样做过。"

当戴耳帽的人走上岸来的时候，他们向他深深地鞠躬致敬；

"到来的这一位比咱们大家更会出主意。是个勇敢的人！"

来者与等候他的人握了握手，指着船和河说：

"请原谅我不得已迟到了。这对我是一种新的交通工具，有点不好掌握时间。"

　　实际上是不是这样，或者说人家讲给我听的这个富于诗意的故事中是不是有所臆造，我不得而知，但我希望这一切都是真实的，因为对我来说，再也没有比这个关于信任一句话和关于一句话的力量的故事更真实和更美好的东西了。

一个爱尔兰城市的肖像

作者简介 ◆

邦达列夫

（1924 - ）

俄国作家。主要作品有长篇小说《岸》、《选择》、《舞台》，中短篇作品《营请求火力支援》、《打伴的女人》及多篇哲理抒情散文。

草 原

　　我有时愿意回想自己最初接触世界时的感受，希望这能使我重新回到那对什么都朦胧地觉得新奇、美好的天真幸福的时代和纯洁无邪的初恋时期，以便重温我成年以后再也没有体会得那么真挚、那么深切的感情。我是从几岁开始记事的？芽是在什么地方？是在乌拉尔，还是在奥伦堡草原？当我问我的父母这些问题时，他们也不能忆起我遥远的童年时代的详细情节了。

　　不管怎样，反正过了多年之后，我意识到，我的感觉所捕捉到那最幸福最美好的瞬间乃是把我的过去和现在结合起来、把我的童年和成年结合起来、把我永远逝去了的东西和永恒存在的美结合起来的奇妙瞬间，正如美丽的梦想和现实生活结合起来一样。不过，也许那最初的感受只是我先人的血液在我身上隐隐流动的声音回响罢了。可这声音却把我带到了数百年前的一次大迁徙时代；那时的草原上每到夜里都刮起狂风，风摆动着，抽打着雪青色月光映照下的草地，无数的大车一辆接一辆在尘土飞扬的大道上蜿蜒地行进着，大车的辚辚声同伴随着它们的、充满千里草原广袤空间的蟊斯的唧唧声合成了一曲天然的交响乐；而白天，草原被烈日烘烤得酷热难熬，干燥的空气里散放着马汗的气味……

然而，我首先想起来的是一个空气清新的拂晓，是坠满露珠的湿润而多汁的青草，是我们夜间渡河之后停在其附近的高高的河岸。

　　我裹着一件气味很浓的柔软温暖的东西，可能是一件羊皮袄，坐在草地上，坐在我那些紧紧围坐在一起的兄弟姐妹中间（我根本没有兄弟姐妹）。在我们的旁边还坐着一位和善慈祥的老奶奶，农家妇女的打扮，也裹着一件暗色的东西（我清楚地记得她头上包着一条土布围巾）。她稍微地向我们倾斜着身子，仿佛在用自己的身体温暖着我们，给我们遮挡黎明前的寒气（这是我非常明显地看到和感觉到的）——接着我们大家都像着了迷似的凝望着从彼岸那边的茫茫草原上冉冉升起的一轮大得出奇的绯红旭日，它离我们如此之近，简直令人难以置信；它喷射着耀眼的光焰，整个地倒映在河水里，河水于是被染成了蔷薇色，似乎凝然不动了。

　　此情此景使我们都沉浸在幸福的静默之中，我们怀着一种虔诚的愉快和期待之感，同旭日的温暖融会在一起，这温暖我们在草原上这条无名之河的被朝露濡湿了的岸边已经感受得到了。

　　但是，令我惊奇的是——我恍如在银幕上或梦幻中看着那高高的丘冈、草原、河水、河水上面的太阳和身子从左向右略微倾斜地坐在丘冈上的我们，看着我们这些身裹羊皮袄抵御黎明时冰肌冷气的黑乎乎的一小堆人，看着那比我们高出一头的祖母或曾祖母——我好像是站在旁边看着这一切似的，然而却连一个人的面目都没有看清楚。我只觉得她有一张依稀像脸又不像脸的、包着土布围巾的慈祥发白的圆轮廓，这圆轮廓它在我童稚的心里产生了一种受到保护的安全感，产生了一种莫名的对她、对草原的清晨在河岸边展现出的迷人美景的由衷热爱之情，而草原清晨的美景同我后来一次也没有见到过的祖母或曾祖母的迷幻不清的面目不可分开地连在了一起……

　　当我忆起这半是现实、半是梦境的片断情景时，就体验到一种难以名状的宛如陶醉在柔情的怀抱之中的飘飘欲仙的幸福，仿佛我

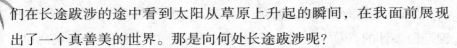

们在长途跋涉的途中看到太阳从草原上升起的瞬间，在我面前展现出了一个真善美的世界。那是向何处长途跋涉呢？

令人倍感奇怪的是：我清楚地记着夜里草原上隐现的灯火、各种气味、渡河的时间和期待快些到达越来越近的、从来没看见过的胜地和乐土的心情，那时的场面和感觉也成为我一生的记忆。

在我记忆的荧光屏上，还闪现出一个灰蒙蒙的雨天和一所很大的木头房子，这所房子坐落在离一条又宽又长的河流渡口不远的地方。河流的那面，透过苍茫的雾气，隐约地看到了一座城市，有教堂、有公园，虽然轮廓不够清晰，但肯定是一座大城市。

我想不起来我当时在什么地方了——也许是在房子里，也许是在房子旁边。我只记得潮湿的土台，雕刻的门脸和由房子到河畔的踏满蹄迹的道路。我觉得雨在淅淅沥沥地下着，我知道，马上就要呼唤我了，周围湿漉漉的空气中散发着令人感到亲切的马汗、马具、马粪的气味和庄稼的清香——这些异常亲切的、像生命和运动一样永恒的气味直到如今依然使我动情。

可是，为什么我这个城里人的身上会有这种感觉呢？是不是我在草原上生活过的先人的血液在我身上流动的原因呢？后来，当我已经是个成年人时，有一次我同母亲谈到了那个雨天、那个渡口和河那面的城市。当我问她这是哪一年的事情时，她回答说，那个时候我还没有来到人世间呢。更确切地一点儿说——实际上也是这样——她并不记得那一天，正如我父亲不记得那一夜，那永远铭刻在我心里的一夜一样。

在茫茫的夜幕笼罩下，我仰卧在大车上面的干草里；干草的气味是那么馨香、甜蜜，简直把我的头都给熏晕了，我上面的深蓝色的星空也因之旋转起来。此刻我感到星空既无限地遥远，又咫尺地挨近，只有身处星夜的草原上才能有这样的体验。繁星在我的眼前忽明忽暗地闪烁着、颤抖着、燃烧着，并神秘地变换着队形。在缀满星斗的天穹上，银河分成两股支流从南向北奔腾着，泛着白蒙蒙的雾气；在银河里，在高深莫测的夜空里正发生着一种吓人的、幸福的、令人不解的现象……

　　而在下面，我们的大车正沿着草原上的道路晃晃荡荡，慢慢悠悠地行进着。此时，我娴静地徜徉在天空和大地之间，心情无比振奋，甚至振奋得心脏都要停止跳动了。而使我更加振奋的是，宇宙在我上面张开的整个幽暗的星空和在我下面铺展的整个黑蒙蒙的夏季草原都充满了蟋蟀响亮悦耳的唧唧声，这声音极其热烈，一刻也不停息，我似乎觉得这是银河撒下的银子发出的清脆丁零的乐音，也是整个自然界在欢唱。

　　大车在我身下懒洋洋地摇荡着，慢吞吞地向前移动着，有节奏地发出咿咿呀呀声，松软的尘土附着在车轮上，马匹的轻微的响鼻声传入我的耳鼓，干草味和令人快慰的马汗味扑入我的鼻腔。只是这熟悉的声音、熟悉的气味才使我返回了大地，但同时又不能离开那以其神秘不解的星辰引我人胜的天空。在这奥妙无穷的大自然面前，不知为什么我的胸腔里沸腾起一股难以抑制的喜悦激情。

　　"我爱大家，"我想道，"大家也爱我。我的一生都会是这样的。"

　　我父亲动了一下身子，我听见了他醒后轻微的清嗓子的咳嗽声，闻到了他身上那熟悉的刺鼻的烟草味；他身影模糊地坐在干草上，向四外望了望，向刚刚破晓时勉强能看得见的大道上望了望，小心翼翼地拿起了步枪，扳动一下枪栓，发出了轻微的响声，退出弹夹，用袖头擦擦子弹，又把弹夹压进枪膛。然后父亲悄声地对母亲说，前边是哥萨克村庄，那里常发生事故：三天前还打死过一个人。

　　我惊呆了，闭上了眼睛，问我的父亲，他亲手打死过人没有，这是怎样发生的，打死人觉得害怕不，为什么害怕。

　　这种问题自从我二十一岁那年从战场上回来后，就不再向父亲提出了。

　　但是我在孩提时代所体验过的那种同天空浑然一体的感觉和对宇宙万物所产生的那种内心隐忍的快乐，在我后来的生活中却没有重复过。

作者简介 ❖

阿斯塔菲耶夫

（1982 -　　）

俄国当代著名抒情小说作家。他的代表作有《陨星雨》、《最后的问候》、《牧童和牧女》、《鱼王》等。

叶 飘 零

　　我在林中漫步，林中的道路和小径蜿蜒曲折。这是一片被践踏、被拆毁、凌乱肮脏的森林，它好像不是被车轮压过，而是用犁多次耕过一样。又似乎是一伙野蛮的窃贼在深更半夜闯入别人住宅，把屋子里所有的东西翻了个底儿朝天。尽管如此，森林依然活了下来，它正倾尽一切努力，铺展开绿茵，贴上厚厚一层苔藓，洒下薄薄一层散发出腐烂气味的褐黄色霉斑，布满许许多多的浆果，像毛毛细雨一样不可悉数，它拼命想用蘑菇的伞形菌盖遮掩住创伤和疮痍。可是，即使像西伯利亚这样强悍有力的自然界，要让创伤自行愈合也是难上加难了。

　　鸟儿不再上下翻飞啁啾，草菇鸟没精打采地喊叫，燕隼懒洋洋地、漫无目的地在天空盘旋。两个酩酊大醉的小伙子驾着摩托车，开足马力，从我身旁呼啸而过，他们在比较滑的下坡路段上摔下了车，一直跌到峡谷中。两个人摔得鼻青脸肿，摩托车也撞坏了，可是他们竟然纵声大笑，像是遇到了值得欣喜若狂的开心事。林中到处点燃起了篝火，烟雾缭绕。从城里到森林来休息的劳动者们横躺竖卧在篝火旁边。这是星期日的中午，城里人为了克服肌力，减退的毛病，砍树、锯树、折树枝、放火烧树。现在他们折腾得疲乏了，便躺下来晒太阳。而太阳清早起就躲藏到一片乌云后面了，云幕低垂，郁闷，好像太阳经过一个月、一年以后也不再钻得出来似的。然而太阳却轻松地嬉闹着从天幕里露出脸来，没过多久，天上除了这颗怡然自得的、甚至可以说颐指气使的恒星之外，其他的一切都已经荡然无存了。

前面的路旁，生长着一棵小白桦树，树皮黑斑点点，树干微微弯曲，它沐浴在阳光里，温煦、慵懒、拂来习习清风，这一切使得小白桦树轻轻颤抖，也许这就是树冠在呼吸吧！于是，我嗅到了一股令人怆恨伤怀的苦涩气息——只有渐渐凋零的树木才会溢出这样的气息。我不是凭听觉、凭视觉，而是凭着在我身上还没有泯灭的对大自然的某种感应，我捕捉到了一种悄无声息的运动，发觉随风飘舞的一片白桦树叶，它像火花一样在空中闪亮。

这片白桦树叶向下飘落着，徐徐地、不情愿地、同时又是庄严地飘落，它不时地攀住树枝，攀住被风吹得干枯的树皮和折断了的丫杈和迎面而来的树叶紧紧地偎依在一起——仿佛是原始森林刚一触及这片过早凋零的树叶就会浑身战栗，大森林以所有尚未枯萎的树木的声音簌簌絮语：再见吧！……别了！……我们很快也会随你而去……我们就要来了……不会很久……很快会再见！

树叶愈是向下飘，它愈是哀伤，与几乎已经冷却了的广袤大地接触，使它战战兢兢，因此它极力拖延落地的那一瞬间，时间仿佛被阻隔在经过亿万年冲刷的断崖峭壁上，终止了运行。但是，树叶终将在大地上安身、枯槁、腐烂、化为泥土。坟墓般漆黑的大地将无情地吞没树叶那黄色的微光。

我向树叶伸出手掌，它似乎感觉到了温暖，在我的手上飞舞，然后像一只疑虑重重的蝴蝶落到了我的掌心。树叶边缘的小齿略微上翘，叶柄支棱着，轻盈得简直没有分量的叶体冷却了我的皮肤。树叶依然在为自己的生存而奋斗，它还要使空气清新宜人，所以散发出稍能闻到的淡淡的苦味和从自己体内溶解出的最后一滴汁液。

树叶的坚挺勉强维持了半分钟，仅此而已。粗粗细累的叶脉颓败了，叶心下凹，桦树叶终于好似一小片焦黄的卷烟纸贴在了我的手掌上。我久久地凝视着眼前的白桦，在微微颤抖着的、好似偶然出现在这里的纤细的线条中，我看到的不是树的侧影，不是泻出的皎洁，而是一股略显疲倦的翠绿色波浪的涌动。在白桦树的绿叶家庭里，这片只有十戈比大小的叶子就曾经在树上生存过。它最瘦小，最屠弱，承受不了自己的重量，它内在的精力不足以维持到夏日的终结，注定由它来第一个报道秋天即将来临的消息，第一个踏上生平唯一一次向无限广阔空间的遨游……

这片树叶是怎样复苏的？在森林中它是怎样才占有了一席之地的？它怎么没有在春寒料峭时冻僵？怎么没有在酷热的七月干枯？为了使这一小片树叶从默默包紧的芽苞里破绽而出，能够同数不胜数的碧叶一起欢笑嬉戏，能够成为世界中微小的一员，白桦树究竟耗费了多少精力？而在这个世界里一切善良而有益的事物要想生存和发展是何等的艰难，可是邪恶却仿佛轻而易举、天经地义，它有恃无恐、嚣张猖狂。

我们的地球对待一切都是公正无私的，它把哪怕是微不足道的欢乐赐给所有生存着的人、所有的植物、所有有生命的东西，而这最为珍贵的无私赐予的欢乐就是生命本身！但是有生命之物，首先是指所谓理性的动物却没有从大地母亲那里学会名正言顺地感激大地所赐予的生命的幸福。人们总是不满足平庸的生活、等闲的欢乐，总是要在甘甜里面增添些苦涩作为作料，甚至添加的是血腥和狂热。人们对自己施以私刑：使用武器，相互残杀，但是使用最多的杀人手段是用言语，用上帝崇拜和偶像崇拜，而这上帝和偶像正是人们自己树立的，他们跪倒在地上亲吻上帝和偶像的皮靴，生怕上帝和偶像突然下令砍下他们的头颅，或者上帝从他们手里夺走面包，撕下一块大度地扔到路旁的尘埃里。

有这样一类人，这是些蠢猪、疯子、骄横的欺世盗名者。这些人中间还有征服者和形形色色关心人类"自由"和"灵魂纯洁"的善男信女们，直至歇斯底里地企图根除"人类的迷误"。按宇宙时计算，比利牛斯半岛的上帝奴仆与现代不文明的超领袖人物不过只有一瞬间之差，但是他们已经在代替上帝鞭挞自己，所使用的不是棍棒，而是最新式的武器，以及看来好像陈腐却又亘古至今永远适用的道德规范：恃强凌弱、统治和掠夺近邻。

"善人们"反复地说教，新道德学说的意义和精神也变成了老生常谈，无论前者还是后者都散发出古代兵营和临时搭成的戏台的那种令人作呕的气味。而这片树叶却始终是一片树叶，任何时候，对任何事情绝不重弹老调。白桦树奉献给大地、原始森林、奉献给自己的是永远更新的欢乐，同时，它用自身的繁茂和化作泥土的方式在自然中延续生命，终古不息。叶的飘零不是死亡，不是化为乌有，而仅仅是永恒生命的折光。这片小树叶的一部分躯体、热量、汁液，仍旧蕴蓄在黏性的芽苞之中，而那芽苞在一层外壳的遮掩下正眯缝着眼睛，企盼着下一个春天，企盼着大自然新的复苏。

叶飘零，叶轻巧、柔弱。又一个秋季即将降临。而秋天总是唤起自然净化的要求。再过一两周，路旁的这株白桦树在遭受各种打击之后，将会远离森林、远离世界和人间。是的，它依旧伫立在原地，依旧令人心驰神往，但是在同时，它又多么渴望与世隔绝，陷入遐想之中。而覆盖着逶迤层叠群山的森林却岿然不动，披上前所未有的艳装，展示自己的全部力量、全部雄浑、全部无声的奥秘。

正在逝去的夏日令人黯然神伤，这使人联想起我们那些不知不觉中逸去的年华。某种古老的东西、尚未泯灭的东西从我们的心底泛起、涌动，血液流淌的速度在减慢，几乎就要冷却凝固，心脏的跳动就要平静下来，到那时周围的一切也将会具有全然不同的含义和色彩。

我们渴望停下来，独处自省，审视自己的灵魂深处。

可是连这样一个胆怯的渴求也难以如愿，已经不可能停歇盘桓。

我们在急驰、在奔跑、在撕扯、在挖掘、在焦急、在贪婪地追寻、在滔滔不绝地说空话、说了许多自欺欺人的话，这些话的意义丢失在穿梭奔走的嘈杂人群中间，就如同是丢失了一个只装了几个零钱的钱包一样。苏格兰的一条谚语说得千真万确："教区里的坏事愈多，长舌妇愈不得清闲……"

啊，倘若能够稍许停歇，哪怕只有一分钟，让人用来思索，倾听自己，倾听自己的心声，谛听一下古老的、未被惊扰的寂静，体味一下这一小片弱不禁风的桦树叶的淡淡哀伤。一叶知秋，落叶是又一个秋天的报信者，对某个人来说，也是意义重大的生命循环的报信者。我们总是同我们的土地、同这些群山、这些森林一起完成这一循环。终有一天我们将永诀人世，不过，最有可能的死不是从容地仰天跌倒，也不是隆重地辞别人间，而是随随便便地、简简单单地死去，平常得使人感到委屈，简直就好像人群在行进中又有一个同路人掉了队。人们继续赶路，甚至没有觉察到有什么损失。

大地岑寂，森林和山岳也一片岑寂，天空广漠而深邃，闪烁着耀眼的光辉，为的是这片树叶在天空中的映象长存不息；为的是让树叶在无际的宇宙里留下印记；为的是使地球获得树叶的形状，恰似病人的心脏，在众多的行星和恒星中间轻盈而快活地旋转，在我们所不知晓的星体的急骤运动中继续生存。

我松开了手掌。这一小片树叶还活着，正在和交织的叶脉一起微弱地呼吸、喘息，但是它已经没有气力吸收太阳的光和热，太阳再也辐射不到它的深层中去了。树叶的全部力量都投入到浅黄和暗淡的颜色上了，投入到向树根飘落这一短暂而又永恒的瞬间。

于是，一个简单而又极其平常的念头油然而生：在树叶飘落、掉到地上这一刹那，世界上有多少人降生？有多少人死亡？有多少欢乐、爱情？又发生了多少灾难和痛苦？抛洒了多少眼泪？流淌了多少鲜血？建树了多少丰功伟绩？出现了多少叛卖行径？这一切一切应该怎样理解呢？怎样才能够把生命意义的平凡与伟大同生活的可怕现实统一起来呢?

我把这片被风儿吹干的树叶小心翼翼地贴在唇边,向密林深处走去。我感到凄凉,非常凄凉,多么想要飞到什么地方去。我仿佛觉得我的背上长出了一双羽翼,我渴望展开翅膀,腾空飞翔,俯临大地。然而我的翅膀干枯了、折断了、僵死了,什么地方也不能飞去。只能呼喊,呼喊一些更加古老的、撕裂心灵的、不可名状的东西。这呼喊没有语言、没有含义,只是一种本能、一种声音。也不知道向什么人、向什么地方呼喊,有如在抱怨生命中的一年又已经悄然逝去,就像这片默默飘零的暗淡的孤叶一样。还剩下多少岁月?我们还将忍受多少难以理解的人间苦难的折磨?还要为猛然感知到生活的奥秘而战栗多少次呢?我们尽管害怕了解这种奥秘,可是却更加执著地想去揭示它,然后再飞往它处。一定要飞往别处。也许是飞向这片树叶诞生的地方,这片新绿的树叶在飘游的旅途中获得了人的心脏的形状,为的正是使笼罩在火焰中的星球铺满绿茵,使它生机盎然,花草茸茸,或者就在恣意燃烧的熊熊烈火中烧尽,把灰烬撒向哑然的、茫无际涯的天宇之中。

有谁会为我们解开这个谜呢?我们这些人辗转不安、心惊肉跳,在尘世之风的吹拂之下,与所有人间的"原始森林"一起喧嚣一时,并且听凭命运的召唤,在一个特定的时辰,孤零零地、默默地倒在大地上。试问,有谁来宽慰我们,使我们心安理得地撒手而去呢?

作者简介 ❖

查尔斯·狄更斯

（1812－1870）

英国作家。著名作品有《双城记》和《雾都孤儿》。

尼亚加拉大瀑布

那一天的天气寒冷潮湿，着实苦人；凄雾浓重，几欲成滴，树木在这个北国里还都枝柯赤裸，完全冬意。不论什么时候，只要车一停下来，我就侧耳静听，看是否能听到瀑布的吼声，同时还不断地往我认为一定是瀑布所在地的方向张望；我之所以知道瀑布就在那个方向，是因为我看见河水滚滚朝着那儿流去；每一分钟我都盼望会有飞溅的浪花出现。恰恰在我们停车之前的几分钟里，我看见了两片白云，从地心深处巍巍而出，冉冉而上。当时所见，仅止于此。后来我们到底下了车子；于是我才听到洪流的砰訇，同时觉得大地都在我脚下颤动。

崖岸陡峭，又因为有刚刚下过的雨和化了一半的冰，地上滑溜溜的，所以我自己也不知道我是怎么下去的，不过我却一会儿就站在山根那儿，同两个英国军官（他们也正走过那儿，现在和我到了一块）攀登到一片嶙峋的乱石上了；那时澎湃声起，震耳欲聋，玉花飞溅，蒙目如眯，我全身濡湿，衣履俱透。原来我们正站在美国瀑布的下面。我只能看见巨涛滔天，劈空而下，但是对这片巨涛的形状和地位，却毫无概念，只觉渺渺茫茫，感到泉飞水立，浩瀚汪洋而已。

我们坐在小渡船上，从紧贴着这两条瀑布流过的那条汹涌奔腾的河里前行的时候，我才开始感到水天的浩瀚；不过我却有些目眩心摇，因而不能完全领会这副光景的博大。直到我来到平顶岩上的时候——哎呀天哪，那样一片飞立倒悬的晶莹碧波！——它的巍巍凛凛，浩瀚峻伟，才在我眼前整个呈现。

于是我感到，我站的地方和造物者相接近，那时候，那幅宏伟的景象一时之间所给我的印象，同时也就是永恒所给我的印象——一瞬的感觉，又是永久的感觉——是一片和平之感：是心的宁静，是灵的恬适，是对于逝者淡泊安详的回忆，是对于永久的安息和永久的幸福恢廓的展望，不掺杂一丁点暗淡之情，不掺杂一丁点恐怖之心。尼亚加拉一下子就在我心里留下深刻的印象——留下了一副美丽的形象：这副形象，将永远留在我的心头，永远不会改变，永远也不会磨灭，一直到我的心灵停止了跳动的时候为止。

我们在那个鬼斧神工、天魔帝力所创造出来的地方待了十天，在那永久令人难忘的十天里，日常生活中的龃龉和烦恼，离我而去，越去越远。巨浪的砰訇对于我是如何的振聋发聩啊！绝迹于尘世之上而却出现于晶莹垂波之中的，是何等的面目啊！在变幻无常、横亘半空的灿烂虹霓四周，天使的泪如何玉润珠明，异彩缤纷，纷飞乱洒，纵翻横出啊！在这种眼泪里，天心帝意，又如何透露而出啊！

我一开始，就跑到了加拿大那一边儿，在那十天里就一直在那儿没动。我从来没再过过河；因为我知道，河那边也有人，而在这种地方，当然不能和不相干的闲杂人掺和。我整天往来徘徊，从一切角度来看这个垂瀑：站在马蹄铁大瀑布的边缘上，看着奔腾的水，在快到崖头的时候，力充劲足，然而却又好像在驰下崖头、投入深渊之前，先停顿一下似的；从河面上往上看巨涛下涌；攀上邻岭，从树梢间张望，看急湍盘旋向前，翻下万丈悬崖；站在下游三英里的巨石森岩下面，看着河水，波涌涡漩，砰訇应答，表面上看不出来它所以这样的原因，其实是因为在河水深处，它受到巨瀑奔腾的骚扰；永远有尼亚加拉当前，看它受日光的蒸腾，受月华的挑逗，夕阳西下中一片红，暮色苍茫中一片灰；白天整天眼里看着它，夜里枕上醒来耳里听着它，这样的福就够我享的了。

我现在每到平静之时都要想：那片浩瀚汹涌的水，仍旧尽日横冲直滚，飞悬倒洒，砯訇澎湃，雷鸣山崩；那些虹霓仍旧在它下面一百英尺的空中弯亘横跨。太阳照在它上面的时候，它仍旧像玉液金波，晶莹明彻。天色暗淡的时候，它仍旧像玉霰琼雪，纷纷飞洒；像轻屑细末，从白垩质的悬崖峭壁上阵阵剥落；像如絮如棉的浓烟，从山腹幽岫里蒸腾喷涌。但这个滔天的巨涛，在它要往下流去的时候，永远总像要先死去一番似的，从它那深不可测、以水为国的世界里，永远有浪花和迷雾的鬼魂，其大无物可与之相比，其强永远不受降伏，在宇宙还是一片混沌、黑暗还统治世界之时，在匝地的巨涛——水——以前，另一个漫天的巨涛——光——还没经上帝吩咐而一下子弥漫宇宙的时候，就在这儿庄严地呈异显灵。

作者简介 ◆

弗吉尼亚·伍尔芙

（1882－1941）

英国女作家，批判家，意识流小说的代表人物之一。《墙上的斑点》是她第一篇典型的意识流作品。其代表作品还有《达洛维夫人》、《海浪》和《到灯塔去》。

飞蛾之死

　　白天飞着的蛾子不应该叫做蛾子，它们不像那种在窗帘的隐蔽处沉睡的、最常见的、后翅发黄色的灯蛾那样，不会给予我们暗沉沉的秋夜和常青藤花朵那样的愉快之感。它们是杂交产下的生物，既不像蝴蝶那样鲜艳，也不像它们自己的同类那样昏暗。不过目前这个品种的蛾子，长着窄小的、干草颜色的翅膀，周围沿上一圈同样颜色的穗状边，倒似乎生活得心满意足。

　　这是一个愉快的早晨，九月中旬天气，温暖，和煦，但比起夏天那几个月来，又微微带着一丝寒意。窗子对面的犁已经在耕种，犁头到处，土地被压平，并因潮湿而微微发亮。从田野和那边高地卷来的蓬勃生气，使眼睛很难牢牢盯住在书上。白嘴鸦们也在举行它们一年一度的喜庆佳节，在绕着树顶翱翔，好像一张装着千百个黑疙瘩的巨网，被抛到空中；经过没有几分钟之后，又徐徐降落在树上，使每根枝条的末梢似乎都有一个黑疙瘩。然后突然见网子又被扔到空中，这次包括的范围更大，喧闹和嘈杂声达到了顶点，好像被扔到空中、又徐徐落在树顶上是一种非常值得激动的经历。

　　鼓舞了白嘴鸦、犁地者、马匹，甚至似乎鼓舞了那些精瘦光着背脊的丘陵地带的同一力量也使得那个蛾子在它的那方玻璃窗上，从这边飞扑到那边。人们不禁守望着它。说真的，人们意识到一种奇怪的感觉，觉得它很可怜。那天早晨享有愉快之感的可能性似乎是如此之大、如此之多种多样，因而在生活中只起了一只蛾子的作用，而且还只是一只白天的蛾子的作用时，就显得它命运多舛。它那尽全力享受它的绝少机会的那股热劲也实在可怜。它精力充沛地飞到它那舱位的一个角落，在那里等了一秒钟之后又横贯飞到另一个角落。它还能做些什么呢？无非是飞到第三个角落，再飞到第四个。不管丘陵地带有多大，天空有多宽阔，房子送出的黑烟有多远，海上一只汽艇时或发出的声音有多迷人，它能做到的只能是如此。能做到的它已经做了。望着它就像是世界上巨大力量的一根细丝，很纤瘦，但是很纯洁，已经进入它那羸弱而渺小的身躯。看它一次又一次飞过玻璃窗，我能想象这是一丝富有生命力的光进入我的视线。不管它是多小，甚至什么也不是，但仍是生命。

然而，正因为它是这样小，这样简单的一种力量，正卷进开着的窗子，正取道穿过我自己的头脑和一些别人的头脑的许多狭窄而错综复杂的通道，也就显得它相当神奇，也很可悲。这就像有什么人拿住了小小一颗纯洁的生命，用尽可能轻巧的柔绒与羽毛把它装饰起来，让它舞蹈、左右穿行，给我们看一看生命的真实性质。把它这样摆在我们面前，人们就不可避免地深深感到它的奇异。人们很容易把生命完全忘记掉，望着它弓着背隆然突起、有装饰品也有累赘，使它必须以最大的谨慎和尊严行动。又想到如果它生来是另一种形状，它的全部生命又会怎么样。这使得人们用一种怜悯的眼光来观察它的简单动作。

过了一会儿，它显然是飞得累了，于是停留在晒在太阳里的窗台上。这种奇异的景象既已停止，我也就把它忘了。不久我抬起头来时，又看到了它。它正在试图重新继续它的舞蹈，但是似乎由于僵硬或笨拙，它只能飞扑到玻璃窗的底部，它又想横飞过去的时候，却失败了。由于我全神贯注在别的事物上，所以我望了一忽儿，见它的尝试多次失败，也就没有动脑筋，只是不知不觉地等着它重新起飞，正像人们等候一架暂停的机器重新发动起来一样，没有考虑到失败的原因何在。也许是在第七次尝试之后，它从木质的窗台上滑下来，跌倒了，扑着翅膀，仰卧在窗台的下层。它那毫无办法的神态触动了我。我忽然想到它遇到了困难，它自己已站不起来，它的腿正在没奈何地挣扎着。但是，我伸出一枝铅笔想要帮助它翻过身来的时候，我才想到这种失败与笨拙意味着死的来临。我又把铅笔搁下了。

蛾子又竭力挣扎了一次，我寻找它正在挣扎着要对付的敌人，我望望门外。那里在发生什么事情？大概是正午时分，田地里的工作已经停止。寂静和沉默代替了以前的活跃，鸟儿们已飞到溪水里去找饮食。马匹静静地站着，但是能量还是在那里，在外面聚集在一起，冷漠，无动于衷，没有在进行任何特殊的活动。这一切似乎和那小小、干草色的飞蛾是对立的。已经是无能为力了。只能眼望着这些小腿在进行惊人的努力以对抗即将来临的末日。这种努力，假如愿意的话，本可颠覆整个城市，不仅是一个城市，还有成堆的人群；我知道没有任何努力能够抗拒死亡。但是经过短时期的力量枯竭以后，蛾子又在扑动了。这种最后的反抗非常伟大，而且是这样剧烈，致使它终于翻过身来。人们的同情当然完全在生命的这一边。而且，在没有人关心或知晓的情况下，一个微不足道的小小飞蛾用出这样巨大的力量来抗拒这样强大的权威，为的是保全某种无人重视、无人愿意存留的东西，使人难言地深受感动。不管怎么样，人们又看到了生命，一颗纯洁的圆珠。

我又拿起那枝铅笔，虽然我知道完全无用。但是即使在这样做的时候，那无可怀疑的死亡的标记又表现无遗。身子放松了，而且立刻变得僵硬，奋斗已告终。这个微不足道的小小生物现在知道了死亡。我看着那个已经死去了的蛾子。这样巨大的力量在这样渺小的一个对手身上取得的微小的、随手拈来的胜利，使我十分惊奇。

正像几分钟前生命显得离奇，现在死亡也同样显得离奇。飞蛾已翻过身来，现在非常体面毫无怨言，镇静地躺在那里。是啊，它似乎在说，死亡的力量比我强大。

作者简介 ◆

劳伦斯

(1885 – 1930)

英国诗人、小说家、散文家。他主要写长篇小说，其中最著名的为《虹》、《爱恋中的女人》和《查太莱夫人的情人》。

 人 生

在世界的开端和末日之间出现了人。人既不是创世者又不是被创造者，但他是创造的核心。一方面，他具有创造世界的能力；另一方面，又拥有整个已创造的宇宙，甚至拥有那个有极限的精神世界。但在两者之间，人是十分独特的。人就是最完美的创造本身。

人在喧闹、不完善和未雕琢的状态下诞生，是个婴儿、幼孩，一个既不成熟，又未定型的产物。他生来的目的是要变得完善，以致最后臻于完善，成为纯洁而不能打垮的生灵，就像白天和昼夜之间的星星，披露着另一个世界，一个没有起源亦没有末日的世界。那儿的创造物纯乎其纯，完美得超过造物主，胜过任何已创造出来的物质。生超越生，死超越死，生死交融，又超越生死。

人一旦进入自我，便超越了生，超越了死，两者都达到了完美的地步。这时候，他便能听懂鸟的歌唱，夜的静寂。

然而，人无法创造自己，也达不到被创之物的顶峰。他始终四处徘徊，直至能进入另一个完美的世界；但他不能创造自己，也无法达到并保持被创之物完美的恒止状态。然而为什么非要达到不可呢？既然他已经超越了创造和被创造者的状态。

人处于开端和末日之间，创世者和被创造者之间。人介于这个

一个爱尔兰城市的肖像

世界和另一个世界之中途，既兼而有之，又超越各自。

人始终被往回拖。他不可能创造自己，任何时候也不可能。他只能委身于创世主，屈从于创造一切的根本未知数。每时每刻，我们都像一种均衡的火焰从这个根本的未知数中释放出来。我们不能自我容纳，也不能自我完成，每时每刻我们都从未知中衍生出来。

这就是我们人类的最高真理。我们的一切知识都基于这个根本的真理。我们是从基本的未知中衍生出来的。看我的手和脚：在这个已创造的宇宙中，我就止于这些肢体。但谁能看见我的内核，我的源泉，我从原始创造力中脱颖而出的内核和源泉？然而，每时每刻我在我心灵的烛芯上燃烧，纯洁而超然，燃烧于初始未知的冥冥黑暗与来世最后的黑暗之间。其间，便是被创造和完成的一切物质。

我们像火焰一样，在两种黑暗之间闪烁，即开端的黑暗和末日的黑暗。我们从未知中来，复又归入未知。但是，对我们来说，开端并不是结束，两者是根本不同的。

我们的任务就是在两种未知之间如纯火一般地燃烧。我们命中注定要在完美的世界，即纯创造的世界里得到满足。我们必须在完美的另一个超验的世界里诞生，在生与死的结合中达到尽善尽美。

我转过脸，这是一张双目失明但仍能感知的脸。犹如一个盲人把脸朝向太阳，我把脸朝向未知——起源的未知。就像盲人抬头仰望太阳，我感到从创造之源中冒出的一股甘泉，流入我的心田。眼不能见，永远失明，但却能感知。我接受了这件礼物。我知道，我处在具有创造力的未知的入口处。就像一颗在不知不觉中接受阳光，并在阳光下成长的种子，我敞开心扉，迎来伟大的原始创造力的无形温暖，并开始完成自己的使命。

这便是人生的法则。我们永远不会知道什么是起源，永远不会知道我们怎样具有了目前的形状和存在。但我们有可能触摸到那生动的未知，感觉到那未知是怎样通过精神和肉体的通道进入我们体内的。谁来了？谁在夜半时分在我们门外徘徊？谁敲门了？谁又敲了一下？谁打开了那令人痛苦的大门？

于是，在我们体内出现了新的东西，我们眨眨眼睛，却看不见。我们高举以往理性之灯，用我们已有的知识之光照亮了这个陌生人。然后，我们终于接受了这个新来者，他成了我们当中的一员。

人生就是如此。我们怎么会成为新人？我们怎么会变化、发展？这种新意和未来的存在又是从何处进入我们体内的？我们身上增添了些什么新成分，它又是怎样才获得通过的？

从未知中，从一切创造的产生地——根本的未知那儿来了一位客人。是我们叫它来的吗？召唤过这新的存在吗？我们命令过要重新创造自己，以达到新的完美吗？没有。没有，那命令不是我们下的。我们不是由自己创造的。但是，从那未知，从那外部世界的冥冥黑暗中，这陌生而新奇的人物跨过我们的门槛，在我们身上安顿下来。它不是来自我们自身，而是来自外部世界的未知。

这就是人存在的第一个伟大的真理。我们能来到这个世界，并不靠我们自己。谁能说，我将从我那里带来新的我？不是我自己，而是那通过通道进入我体内的未知。

那么，未知又是怎么进入我体内的呢？未知所以能进入，就因为在我活着时，我从不封闭自己，从不把自己孤立起来。我只不过是通过创造的辉煌转换，把一种未知传导为另一种未知的火焰，我只不过是通过完善存在的外形，把我起源的未知传递给我末日的未知罢了。那么，什么是起源的未知，什么又是末日的未知呢？这难以确切地表达出来，我只知道，当我完整体现这两个未知时，它们便融为一体，达到极点，——一个完美的灵魂。

我起源的未知通过精神进入我身体。起先，我的精神惴惴不安，坐卧不宁。深更半夜时，它听到了从远处传来的脚步声。谁来了？啊，让新来者进来吧，让他进来吧。在精神方面，我一直很孤独，没有活力。我等待新来者，我的精神却悲伤得要命，十分惧怕新来的那个人；但同时，也有一种紧张的期待。我期待一次访问，一个新来者。因为，我很自负，孤独，乏味。然而，我的精神仍然很警觉，惶恐而微妙地盼望着，等待新来者的访问。事情总会发生，陌生人总会到来的。

我聆听着，我在精神里聆听着。从未知那边传来许多纷杂的声音。能肯定那一定是脚步声吗？我匆忙开门。啊哈，门外没有人。我必须耐心地等待，一直等到那个陌生人。一切都由不得我，一切都不会自己发生。想到此，我抑制住自己的不耐烦，学着去等待、去观察。

终于，在我的渴望和困乏之中，门开了，门外站着那个陌生人。啊，到底来了！我身上有了新的创造！啊，多美啊！我从未知中产生，又增加了新的未知。我的心变成了快乐和力量的源泉。我成了存在的一种新的成就，创造的一种新的满足，地球上新的天堂。

这就是我诞生的故事，我的灵魂必须有耐心，去忍耐，去等待。最重要的，我必须在灵魂中说：我在等待未知，因为我不能利用自己的任何东西。我等待未知，从未知中将产生我新的开端。这不是为了我自己，而是为了我那不可战胜的信念，我的等待。我必须抬起头，面对太空未知的黑暗，等待阳光照耀在我的身上。这是创造性勇气的问题。满足的玫瑰已经扎根在我的心里，它最终将在绝对的天空中放射出奇异的光辉。只要它在我体内孕育，一切艰辛都是快乐。如果我已在那看不见的创造的玫瑰里发芽，那么，阵痛、生育对我又算得了什么？那不过是阵阵新的、奇特的欢乐。我的心只会像星星一样，永远快乐无比。我的心是一颗生动的、颤抖的星星，它终将慢慢地煽起火焰，获得创造，产生玫瑰中的玫瑰。

我应该去何处朝拜，投靠何处？投靠未知，只能投靠未知——那神圣之灵。

我等待开端的到来，等待那伟大而富有创造力的未知注意我，通知我。这就是我的快乐，我的欣慰。同时，我将再度寻找末日的未知，那最后的、将我纳入终端的黑暗。

我害怕那朝我走来、富有创造力的陌生的未知吗？我怕，但只是以一种痛苦和无言的快乐而害怕。我怕那无形的黑手把我拖进黑暗，一朵朵地摘取我生命之树上的花朵，使我进入我终端的未知之中吗？我怕，但只是以一种报复和奇特的满足而害怕。因为这是我最后的满足，一朵朵地被摘取，一生都是如此，直至最终纳入未知的尽头——我的终点。

作者简介 ◆

普里斯特莱

（1894－1965）

英国小说家、批评家、戏剧家和散文家。他的主要作品有长篇小说《快乐的伙伴》、剧作《危险的转角》和随笔集《猿和天使》等。

初 雪

　　今早我起来时，整个世界简直成了冰窟一座，颜色死白泛青。透入窗内的光线呈异色，于是连接水洗漱刷牙穿衣等这些日常举动也都一概呈现异状。继而日出。待我吃早饭时，艳美的阳光把雪染成绯红。餐室窗户早已幻做一幅迷人的东洋花布。窗外一株幼小的梅树，正粲粲于满眼晴光之下，枝柯覆雪，素裹红装，风致绝佳。一两小时之后，一切已化做寒光一片，白里透青。周遭世界也景物顿殊。适才的东洋花布等已不复可见。我探头窗外，向书斋前面的花园草地以及更远的丘岗望望，但觉大地光晶耀目，不可逼视，高天寒气凛冽，色呈铁青，而周围的一切树木也都现出阴森可怖之状。整个景象之中确有一种难以名状的骇人气氛。仿佛我们可爱的郊原，这些国人素来最心爱的地方，已经变成一片凄凉可悲的荒野。仿佛这里随时随刻都可能看到一彪人马从那阴翳的树丛背后突然杀出，随时随刻都可听到暴政的器械的铿鸣乃至拼杀之声，而远方某些地带上的白雪遂被染成殷红。此时周围正是这种景象。

　　现在景色又变了。刺目的眩光已不见了，那可怖的色调也已消逝。但雪却下得很大，大片大片，纷纷不止，因而眼前浅谷的那边已辨不清，屋顶积雪很厚，一切树木都被压弯了腰，村中教堂顶上的风标此时从阴霾翳翳的空中虽仍依稀可见，但也早成了安徒生童话里的事物。从我的书房（书房与家中房屋相对）我看见孩子们正把他们的鼻子在玻璃上压成扁平。这时一首儿歌遂又萦回于我的脑际，这歌正是我幼时把鼻子压在冰冷的窗户上看雪时常唱的。歌词是：

> 雪花快飘，
>
> 白如石膏，
>
> 高地宰鹅，
>
> 这里飞毛！

所以今天早上当我初次看到这个非同往常的白皑皑的世界时，我不禁希望我们也能常下点雪，这样我们英国的冬天才会更多点冬天的味道。我想，如果我们这里是个冰雪积月霜华璀璨的景象，而不是像现在这种凄风苦雨永无尽期的阴沉而缺乏特色的日子，那该多么令人喜悦啊。我于是羡慕起我在加拿大与美国东部诸州居住的一些友人来了。他们那里年年都能过上个像样的冬天，甚至连何时降雪也能说出准确日期，而且直到大地春回之前，那里的雪绝无降落不成退化为霰之虞。既有霜雪载途，又有晴朗温煦的天空，而空气又是那么凛冽奇清——这对于我实在是一种至乐。

继而我又转念，这事终将难餍人意。人们一周之后就会对它厌烦，不消一天工夫魔力就会消失，剩下的唯有白昼永无变化的耀眼眩光与苦寒凄凉的夜晚。看来真正迷人之处并不在降雪本身，不在这个冰封雪覆的景象，而在它初降的新鲜，而在这突然而安静地变化。正是从风风雨雨这类变幻无常和难以预期的关系之中遂有了降雪这琼花六出的奇迹。谁愿意拿眼前这般景色去换上个永远周而复始的单调局面，一个时刻全由年历来控制的大地？有一句妙语说，其他别国只有气候，而唯有英国才有天气。其实天下再没有比气候更枯燥乏味的了，或许只有科学家与疑病患者才会把它当作话题来谈论。但是天气却是我们这块土地上经典的话题，人们在饱餐其秀色之余，总不免要对它窃窃私议。一旦我们定居于亚美利加、西伯利亚与澳大利亚之后——那里的气候与年历之间早有成约在先，我们必将因为它不再调皮撒娇，不再胡闹任性，不再狂愤盛怒与泣涕涟涟而感到深深遗憾。到那时，晨起出游将不再成为一种历险。我们的天气也许是有点反复无常，但我们自己也未见得就好许多；实际上，她的好变与我们的不专也恰好相抵。说起日、风、雪、雨，它们在一开始是多么受人欢迎，但是过了不久，我们一定对它们好不厌倦！如果这场雪一下便是一周，我会对它厌烦得要死，巴不得它能快些走掉才好。但是它的这次降临却是一件大事。今天的天气里真是别有一种风味，一种气氛，全然与昨日不同，而我生活其中，也仿佛感到自己与此前的自己判若两人，恍若与新朋相晤，又如突然抵达挪威。一个人尽可以为了打破一下心头的郁结而所费不赀，但其所得恐怕仍不如我今日午前感受之深。

作者简介 ❖

埃利亚斯·卡内蒂

（1905－1994）

英国作家。主要作品有长篇小说《迷惘》，剧本《婚礼》、《虚荣的喜剧》，自传体三部曲《获救之舌》、《耳口火炬》和《眼睛游戏》等。

不可捉摸

　　黄昏，我朝着市中心的大广场走去。我去那儿，并非为了观赏繁华热闹、生气勃勃的景象。对于那些我早就司空见惯了。我是去那儿寻找地上一小堆褐色的东西。它发出的甚至不是声音，而尽是一个单独的音素。这是一个拖得很长的、嗡嗡作响的低音"啊——啊——啊——啊——啊——啊——啊——啊"。音量不降低，也不升高，然而它却持续不断地响着，甚至从广场上各种嘈杂的呼叫声中也总能让人辨别出来。这是杰马埃尔夫那广场发出的固定不变的声音。它通宵达旦地响着，每天晚上都是这样。

　　离得很远我就竖起了耳朵。一种难以名状的不安感驱使我朝着那个方向走去。其实即使没有这声音，我也会到广场上去的，那儿还有很多别的东西吸引着我。我并不怀疑能够重新找到它，找到所有属于它的东西。唯独这种被压缩成单音素的声音使我惶惑不安。这个由接近于生物的东西发出的声音，它所体现的生命，只是由这个音素而不是其他任何东西构成的。一路上我充满渴望却又心惊胆战地侧耳谛听。每当我走到一个地方，而且总是在同一个地方，我会突然听到那种像昆虫发出的嗡嗡声："啊——啊——啊——啊——啊——啊——啊——啊"。

一个爱尔兰城市的肖像

顿时，一种不可思议的安宁感在我全身扩散开来。在这之前我的脚步还有些犹豫，而眼下我朝那声音迈去的步伐突然坚定了起来。我知道它在哪儿。我熟悉地上那一小堆褐色的东西。我所看到的只是一块深色的、粗糙的布料。我从未看见过那张发出"啊——啊——啊——啊——啊"声音的嘴，从未看到过它的眼睛、面颊和脸上的任何部分。我不能断定这是不是一张瞎子的脸，或者说，它能不能看见东西。那块褐色的、龌龊的布料就像一块头巾从上到下遮盖了一切。这生物——它肯定是个生物——蹲伏在地上，在布料下躬起了脊背。它看上去很轻很弱，又不大像生物。这就是人们所能猜测到的一切。我不知道它有多高，因为从未见过它直起身来。从它蹲伏在地上的姿势看，它是那么的低。倘若它发出的声音一旦停止，人们很可能会不知不觉地绊倒在它身上。我没有看见过它走来，也未曾见过它离去。我不知道是有人把它带来放在这里地上，还是它自己用双脚走来的。

它为自己寻找的这个栖身处一点也不隐蔽，这是广场上最暴露的地方。在它四周，来往的行人终日川流不息。在热闹的夜晚，它声息微弱地蛰伏在人们的脚下，尽管我知道它在哪儿，也一直听到它的声音，却要花很大的劲才能找到它。随后人们从广场上散去了，它的周围变得空空如也，然而它还是在原来的位置上。它躺在黑暗中，就像一件被搁在一边的、龌龊的旧衣裳。这景象如同有人打算扔掉它，又怕引起别人的注意，于是混在人群中悄悄地把它丢在一边似的。现在人们都走开了，只剩下那堆东西孤零零地蹲伏在那儿。我从来没有能等到它自己站起身来或者被人取走，而总是怀着一种令人窒息的、软弱而又骄傲的感情悄悄离去，消失在黑暗之中。

软弱是针对我自己而言的。我觉得我不会采取任何行动去揭开这堆东西的秘密，我害怕它的形象。因为我无法改变它的形象，所以就让它蹲伏在那儿的地上。每当走近它的时候，我竭力不去碰它，好像一碰它就会伤害它、损坏它似的。每天晚上它都在那儿。每天晚上当我从嘈杂的人声中一辨出它的声音，心脏就会停止搏动，当我一看见它的形象，心脏又会再一次停止跳动。对我来说，它来去的道路比我自己往返的道路更为神圣。我从未秘密地跟踪过它，我不知道夜里余下的时光以及翌日清晨它栖身在哪儿。它是一种非同寻常的造物，或许它自己也这么认为。有时候我很想试着用一个手指轻轻地碰一下那块褐色的头巾。它肯定会感觉到我的触动，或许它对此作出反应，还会发出第二种声音。然而由于软弱，我总是很快又打消了想尝试一下的念头。

我说过，在我悄然离去的时候还有另一种感情使我感到窒息，那就是骄傲。我为这堆东西而感到骄傲。因为它活着，至于它在人海的底部呼吸时究竟在想些什么，我却无从知晓。它的呼唤声所表达的意义同它的整个存在一样，对我来说，永远是个难解的谜。然而它活着，每天都在相同的时间重新出现在那儿。我从未看见它捡过人们扔给它的硬币。扔给它的硬币少得可怜，至多不过两三个。也许它没有胳膊，不能去拾那些硬币，也许它没有舌头，不会发"Allah"中"1"的这个音，缩短为"啊——啊——啊——啊——啊"。然而它活着，并以无与伦比的勤奋精神、顽强不屈的毅力发着那个单调的音素。它一小时又一小时连续不断地呼唤着，直到整个广场上只剩下这唯一的声音为止。万籁俱寂，只有它的声音在延续……

世界散文精品集丛书

作者简介 ❖

加夫列尔·米罗

（1879－1930）

西班牙小说家、散文家。作品有长篇小说《我朋友的故事》、《墓地樱桃》、《国王的祖父》、《沉睡的烟雾》，散文集《岁月与里程》等。

老鹰和牧羊人

一只老鹰总跟随着羊群。它的叫声回荡在白天的蓝色天空下；羊群停下来望着老鹰；它有时飞得那么低，可以听见它的翅膀和喙的声音，它的整个影从羊群的皮毛上掠过。

牧羊人躺在草地上；羊群挤在太阳反射热强的多岩石的地方。整个低地上充满阳光：发红的耕地、嫩绿的树木、关闭的果园、废墟似的房屋和淹没在烟雾蒙蒙的地平线上的道路……

牧羊人想："我看到的世界比我生活中能够到达的世界多，世界却看不见我；如果现在主人的儿子来这里，我要把他扔到悬崖底下去，离开平地这么远，谁也不会知道的。"

他把后颈埋在高高的草里，愉快地转动着身躯；一种像想睁开眼皮似的不安心情啃咬着他的额头，他抬起眼睛。老鹰抓住一座峭壁的角，转过身来望着他。牧羊人赶它，骂它，像发怒的人那样，冲它挥拳头。他的弹弓噼啪响，他的牧棍挥得嚯嚯叫。老鹰向高空飞去。

当山的影子躺在耕地上时，牧羊人开始赶拢他的羊群；大猎犬为小羊羔们带路，去围赶落在后头的羊。老鹰在上空缓慢地滑翔，为羊群警戒着道路。对人来说，孤独使那只金黄色的瘦老鹰的双眼充满了怒火。他觉得他的猜想是对的。不是有爱上男人的雌鸽和爱上女人的雄羊羔吗？牧羊人和老鹰却互相憎恨。

"现在它在哪里望着我呢？"牧羊人夜晚问自己说。他在牲口栏附近放几个夹子，在上面放了诱饵腐肉、肉块，甚至还有他吃的面包。一阵骨头、翅膀、咽喉的颤抖声把他惊醒。

狐狸、乌鸦、狗、猫头鹰……在夹子上扭动；牧羊人用他的草鞋和双手抽打它们。他憎恨的不是它们；正因为不是它们，所以他才憎恨它们，打它们。一天早晨，他的笑声和他的叫声在山谷里回荡。老鹰扇动着翅膀，既不幸又壮烈，它的爪子在夹子上流血。牧羊人坐在它旁边，等待着太阳升起来，好开心地瞅瞅它；他想钻到它那一双像圆圆的火炭似的一动不动的眼睛里去；在那种火光里跳动着一种凶猛的、威严不驯的冷漠。要是像啃水果那样咬它的眼睛，它们一定会爆裂的；倘若牧羊人死在毫无遮拦的山上，老鹰也会这样对待他的。但是老鹰眼睛发花，不知道他在望着它。他毫不留情地望着它。老鹰微微地张开发抖的喙子；它的翅膀重叠着，像几个不幸的人把美丽的长袍像十字架一样背在背上。大猎犬跑来，围着它转，冲它叫，嗅它的喉咙。老鹰扬着头，面朝着蓝天，就像船头面对着地平线。它那火红的眼睛里反射着狗、牧羊人和乡村早晨的令人愉快的天空。

"我怎样杀它呢？"牧羊人想。他怎样杀它才能拖长它死亡的时间？这时大猎狗和主人像犯了错误似的彼此望了望；猎犬发动了进攻。它不能接近被俘的鹰，它的舌头像受伤的猎隼一样颤动，颌骨吱嘎作响。"你不敢碰它！"主人心里对狗说，一面大笑着。的确，它不敢碰它。伴随着鹰的强有力的呼吸、竖起来的羽毛和它的不祥怒火，老鹰周围的气流咝咝作响。牧羊人气得额头上的青筋都跳丁出来，因为他也不敢抓它、进攻它。他突然站起来，回茅屋去了。让大猎犬留在那里守着那只鹰。它不可能逃走，但是他不愿意让它独自休息哪怕是一瞬间。他立刻回来了，拿来一副旧笼头。

人们纷纷赶了来：一个农夫，一位老巫婆，一个路过的脚夫、一个去农村小学上学的男孩。大家问他："这就是那只总是像你的灵魂一样跟着你的老鹰吗？"

男孩希望她把老鹰送给他，让他课间休息时取乐。老巫婆要求他给她一根飞羽、一块趾甲和肠系膜，用来治疗目眩和疾病。大家围着老鹰，为它戴狗笼头，为它编铁丝笼子。然后把它从夹子里取下来，仿佛它已变成一只大雁。牧羊人揪住老鹰一个脚趾，把它折断，扔给了狗。猎狗蹿过去叼起了它，但是立刻吐了出来，像感觉到整个老鹰一样躲开了它。牧羊人凑到鹰的眼前。

在笼头的铁网里，鹰的脑袋现出一副不幸的可怕模样，眼睛里闪着那么慈善的目光，牧羊人躲开了它，因为距离这么近，那副笼头使他感到不安，仿佛是他戴着那副勒着他的骨肉的笼头。

大家抱起老鹰，传来传去，摸它的胸脯，吹它的羽毛，看它那光秃的皮肤上的虱子；他们捏住它的嘴，不让它喘气；他们感觉到它的眼皮的跳动；他们抓挠它的爪子上的硬茧。老鹰全身发疯地抖动；它响亮地拍击了一下翅膀，在阳光下跳了起来。

人们说：

"它会像一条狗，一条天上的、山上的狗一样死去的。"

"它会像一个人在幸福的时候渴死的。"

人们望着它，笑着。老鹰戴着狗的笼头，光荣而自由地飞上了蓝天。

作者简介 ◆

加夫列尔·米罗

（1879－1930）

西班牙小说家、散文家。主要作品有长篇小说《我朋友的故事》、《墓地樱桃》、《国王的祖父》、《沉睡的烟雾》，散文集《岁月与里程》等。

钟和钟声

敲钟人那只长满老茧的手抓住绳头上的结，像拉铁匠炉的风箱似的开始拉那根绳子。绳子从一块黑石碑开始，顺着一道栏杆拉上去，越过教堂中殿和钟楼的整个黑脖子。绳子摇动着正在最后一根吊竿上沉睡的黎明之钟的木制双肩。小钟扭动，翻转，点头，歌唱。钟声像清脆的童音。在它旁边，欢叫的鸟儿将离开那儿去觅食。天空像水果刚刚被划破一点皮一样，一股玫瑰色的果汁喷出来。在轻微的伤口上出现了城市的轮廓，接着又出现了松林的黑色长毛绒，随后两座小山的美丽形状也都清晰可见。夜晚在深沟里纺织的雾开始拆线；带着新鲜夜露的草地显露出来，在一条路边无比欢乐地跳跃……

"1766年铸的母亲钟"同情地望着它。它们的年龄几乎相同。那钟既粗重又和平，为不安的道路感到难过。既然它必须和赤裸的大地一起回来并且在这个黄昏像以往一样疲惫，道路又这么高兴地要去哪儿呢？它是对的；傍晚，看来道路要回村里去了。

这是"1766年铸的母亲钟"说的话。它仍然在打盹儿。实际上，它直到12点才醒来；即使在这时，它也很少忙碌；它说的话不多不少，只有九个字，在诵《万福玛丽亚经》时响九下。钟声传向

一个爱尔兰城市的肖像

城市，使城市、田野、无依无靠的道路笼罩上一种热乎乎的平静气氛……这只钟为阳光明媚的原野带来夜晚的宁静，你在这儿能感觉得到远方的寂静。寂静的远方仿佛走到这儿专为体验和品尝孤独。到处空无一人，连大猎犬也走进家门围着桌子转。只有天空和山顶显得明亮似火，因为山谷、果园和房舍都眯起眼睛来睡午觉了。

在唱诗的时刻到来之前，所有的钟都一动不动地吊着。中午，一阵阵芳香的风儿从成熟的田野飘进拱门，在钟口上像蜜蜂似的嗡嗡作响。一只金色的鸟儿环绕圆尾顶飞舞，眼睛放射着无限的光芒，紧张的翅膀像浪花飞溅海滩一样在空中激动地拍击，然后消失在蓝天里。一只只钟陷入了孤独。阳光把钟穿透，像血液一般溶入它们那明亮的肉杯子里。

节日和光辉纪念日发疯地加速着钟的运动，它那快活的声音响彻整个村子；整个天空变成了一只巨钟；钟的心房跳动着，在体内容不下了，它们一起冲出来，升上天空成群地飞行，飞到远方后它们快活、明亮、轻巧地落下来，开始在草地上玩耍，时而飞升起来，时而像打旋儿的树叶和拉圈的孩子一样聚在一起。

一个行人想把它们捡起来，但是办不到，因为现在的钟声在他的胸中波动、震颤。他走开时，希望听到钟声响彻四方。无辜而善良的钟诵着祷词；沉默下来时，路上的钟的心房离村子更远了。

钟的心房飞到它们的栖息架上的摇篮里睡觉去了。几只冻结的眼睛望着它们，几对潮湿而寂静的翅膀触摸它们。它们早把不友好的同伴抛在于脑后。成群的大鸟展开它们那麻布似的翅膀围着它们飞舞。消失在蓝天里的那只激动而紧张地飞行的鸟儿现在在何处呢？

整个天空和原野充满反射着星光、拍动着翅膀的钟的振动。在月光下，它们渐渐变成了银色的钟。此刻，钟楼显得既年轻又美丽，每块方石都毫无遮掩地现出它们那古老的风韵，它像一位白发苍苍的美丽母亲穿着她那古老的新婚礼服让女儿们观赏。钟楼既像人也像植物，它像一条手臂高举着一串月亮葡萄。

现在，一只只钟成了村庄和平的标志。

白天，它们、小广场上的泉水以及树木、鸽子、炊烟和孩子们使村庄到处充满了生气。而它们的作用更大，它们从上空，从远方，从牲畜、运货物的人和行人能听到钟声的地方包围过来。它们压倒了空气的跳动；它们是搏动，是吼叫和歌谣；面包的香味、糖汁的香味、酒桶的香味、洗过的麻布的香味，村庄的各种香味一齐飘来。钟声传到寂静的辖区边缘；土地和道路仿佛是用同样的模具铸造的。钟声里波动着时间：从前的停止不动的时间，躺在四棵在落日余晖中闪着金光的意大利柏中间的世代的时间，现在像触及我们太阳穴的无形的鸟儿颤动似的一瞬间的时间和像一阵新起的柔风一样从地平线上刮来的、在钟楼的黑色捻线杆上纺线的时间。纺纱的钟，也是掌管钥匙的钟。每天每夜开关光线的红拱门。这就是钟的形象。那么，敲钟人呢？不错，敲钟人是可怜的！

因为人们相信敲钟人所做的，仅仅是敲钟！

世界散文精品集丛书

作者简介 ◆

阿索林

（1874－1967）

西班牙小说家、评论家。主要作品有小说《意志》，还有随笔及评论著作《村镇》、《卡斯蒂利亚》、《古典的和现代的》等。

夜 笛

　　1820 年。一只笛子在夜里吹着：细长，悠扬，忧郁。假如我们从那古老的城门走进这可敬的城，我们就得走上一个很长的土坡。坡下是溪，在溪的旁边，在一个高起的岸上，人们可以看到两行绿叶成荫的老柳，而又长又宽的石凳处处可见。夜色的黑暗使我们只能隐约地看到它们的白影。在一端，在进城处，在溪边荫道的尽头，一线灯光射在路上。这灯光是从一所房子里射出来的。让我们走到它前面去吧。这所房子有一间大的前厅，在一边，有一架老旧的织布机；在另一边，在一张斜桌前面，有一位白发的老人和一个男孩。男孩的嘴边有一只笛子。从这笛子里发出一阵阵悠长的、悲伤的、颤抖的调子，而夜是那么的晴朗而且寂静。在高处矗立着全城的建筑，人们可以看见一个大教堂，在一个院子里有一个清澈的水池，人们可以看见一些遍布着杂货店、造车店、制鞍店的小街，人们可以看见一些刻着阀阅纹章的住宅，人们可以看见一些隐在大厦里的花园。凡到这一带来的旅客——到这一带来的旅客是很少的——都要投宿在一个名叫爱丝泰拉的客栈里。每天晚上，在 9 点钟，那驿车就要沿着溪边的林荫路驶来，常常是在同一个时间，当驿车走过这射出灯光的房子前时，笛子的细长的声音就要消失在那轧轧的四轮车的旧铁构件和木板的噪声中。接着，笛子便又在夜的深长而浓浓的寂静里吹起来了。到了白天，那老旧的织布机就随着它那有节奏的响声织着，织着。

1870 年。五十年过去了。假如我们想走进这座古城，我们就从那老旧的城门进去。我们在那条小溪的桥上走下驿车。驿车每天晚上九点钟到达。一切都是寂静的。在高处，在城里，人可以看见许多微小的灯光，我们开始登上那土坡。我们把那些老硝皮店——我们在《做淫媒的女人》剧中找到的那些硝皮店——撇在下面。我们现在是沿着那种着百年老柳的林荫道上前进。在黑暗中，那些石凳的白影看来非常模糊。一线灯光射在路上。我们所听见的这个曲调是从这所房子里出来的吗？这悠长的、忧郁的，像一片欲碎的晶体一样的曲调！在这所房子的前厅里有一位老人和两个男孩。一个男孩吹着笛子，另一个则用他那蓝色的、大而圆的两眼沉默而出神地望着他。老人不时地指导着那吹笛子的男孩。许多年，许多年以前，这位老人也曾做过小孩。在晚上，在这同一地点，他也曾用笛子吹过那男孩这时所吹的同样的曲调。驿车用一种震耳的声响走了过去，一时之间笛子的清越的声音听不见了，接着它又重新在黑夜里吹起来了。在高处，那些老旧的住宅都已经熟睡了，林荫道上的柳树也睡了，溪水和田野也睡了。过了一小时，笛声停止了，于是那沉默而出神的男孩便向城中走去。在那里，在一所老旧的房子里，他开始读一些字很小的书，一直到睡眠征服了他。只有很少的人到这城里来，假如你来到那里，你就得投宿在爱丝泰拉客栈里。全城没有第二家客栈，它是在拿维兹胡同，即从前的擀面杖路，靠近麦市，在人们从安西尔先生的私家路到乡下去的路口上。

又过去了多少年了？随便读者说吧。现在，在马德里，在一间小小的阁楼里，有一个人，生着长长的白须，他的两只大而蓝的眼睛和从前在那古城的夜间出神而潜心地望着另外一个男孩用一只笛子吹着一些悠长而忧郁的调子的那个男孩的眼睛一模一样。这人穿着清洁而磨得发亮的衣服，他的鞋子是破旧的。他房里有一张桌子，桌上堆满了书，在一只书架上留下很清楚的痕迹。墙上挂着两幅很好看的照片：一幅是一个女人的，她生着一副多愁的眼睛，额前盘着卷曲的、纤细的、轻柔的发辫；另一幅是一个女孩子的，她和那女人同样地多愁，同样地漂亮。但是人们在整个住宅听不到女人的声音。这位生着长须的人有时在一些纸片上写很久的字，接着他便走出去，在街上走，带着这些纸片到这家，到那家，他和这个人谈话，和那个人谈话。有时，他所写的这些纸片也和他一同回到家里，他把它们放在一个抽屉里，和那些盖满了灰尘、被忘却的稿子留在一处。

1900 年。那每天晚上驶上那溪边的土坡，朝着那些硝皮店，沿着那林荫道到这古城里来的驿车已经有几年不来了。人们现在建了一个车站，火车每天在城外停一次，也是在晚上，但是却离那林荫道和老桥很远，是在城的另一端。每天很少有旅客来，有一天晚上，来了一个，是一位生着白色长须和蓝色眼睛的老人。他穿着一件破旧的大衣，提着一个纸制的提箱走下火车。当他刚走出车站，在公共马车前立定时，火车便穿过田野，向黑夜中驶去了。公共马车把旅客们载到爱丝泰拉旅馆。这是全城最好的旅馆，资格老，信用好。人们已经把它大加改造；它从前是在拿维兹胡同，但现在人们已把它迁到广场上的一幢大房子里。这位蓄胡须的旅客上了那辆四轮车，让车载着他走。他不知道人家把他载到什么地方。当车子驶到广场上，在旅馆站口停下时，他发现这所房子正是许多许多年以前，当他是小孩的时候，他所住的。接着人们又指给他一个房间，这正是他年轻时候读过许多书的房间。一面向四壁望着，这位蓄须的人在一把椅子上坐下，把他的干瘦的手放在胸前。他想到外边去透透空气，他离开了客栈，开始在街上漫步。他一直步行到那古老的林荫道上。夜是清朗的，寂静的。在夜的深沉寂静里，一只笛子吹着。它的声音像一片晶体一样清脆，这是一个古老的、悠长而忧郁的曲

世界散文精品集丛书

调。一线灯光从一所房子里射出。我们的旅客走到它的跟前，看见前厅里有一位老人和一个小孩，小孩用笛子吹着那悠长的调子。于是这位有胡须的人便在林荫道的一个石头凳上坐下，重新把他那干瘦的手放在胸前。

一个爱尔兰城市的肖像

作者简介 ❖

巴罗哈·内西

（1872－1956）

西班牙作家。曾写了11套反映当代社会问题的三部曲，其中最著名的是《为生活而奋斗》。

一位老者和他的歌

清晨，当公鸡雄赳赳地引颈长鸣，当云雀从播了种的大地上凌空飞去时，我，从他家出来，外衣搭在肩上，毫无目的地，沿着大路向前走去。

日日夜夜，顶着如火的骄阳，冒着凛冽的寒风，我漫无目的地继续走我的路。有些时候，一些主观臆想出来的危险使我心惊胆战，而另外一些时候，我却又能冷静地面对眼前现实存在的危险。

为了排遣寂寞，我边走边唱。随着映入眼帘的景致，我一会儿唱起欢快的歌，一会儿又唱起忧郁的歌，或者吹起口哨，或者轻声低吟。

有时候，走到一所窗门前，我便故意洋洋自得地高声唱起来，或者故意喊起来，希望别人能听见我的声音。

"会有一些窗户打开，并且还将会露出一张欢悦洋溢的笑脸。"我这样想着。

然而，没有。没有一扇窗户打开，没有一个人走出来。我天真地继续唱着歌。可是，这儿，那儿，都露出了一张张凶恶的面孔，一双双敌视的眼睛，瘦骨似柴的手中握着棍棒，他们戒备着。

"也许我冒犯了他们。"我想："这些人并不想对我怎么样。"外衣搭在肩上，我继续毫无目的地，也不知为什么，唱着歌，吹着口哨，哼着小曲，漫步向前走去……

　　许久以来，猫头鹰凄凉的叫声，狼的嗥叫声，还有这种孤独感，使我痛苦，使我不安。因此，我想到都市去。但是当我正要进城门时，他们把我拦住了。他们同我讲条件，说是只要我把比生活本身更美丽的梦留在门口，他们就放我进去。

　　"不，不。"我低声咕哝道："我情愿回到我原来的路上去。"外衣搭在肩上，我毫无目的地，也不知为什么，唱着歌，吹着口哨，哼着小曲，信步继续走我的路。田野里的聒噪声，溪水中的哗哗声，还有乌鸦那不祥的叫声，不禁使我瑟瑟发抖。

　　后来，他们终于无条件放我进去了。然而当我置身于城市中，我却感到气闷、窒息，我透不过气来。我重又回到原野上……

　　今天，一位同事对我说："你就在这儿休息吧。你为什么不生活在人们中间呢？在现实中，有风平浪静的沙渚，你可以找到一些地方，那里人与人之间不会是这般凶恶，这般充满威胁。"

　　"朋友，"我回答说："我是一个行者，一个到处漂泊、从不在哪儿扎下根来的人。我是风中的一分子，海中的一滴水。"

　　如今，我就像一个攀登者，攀上顶峰后，往身后一看，才发现原来自己走了这许多冤枉路。可是，最终还是到达了目的地。

　　历史的长河奔流不息变化无穷。它一直在寻找人生永恒的答案。我已经在生活中找到了我的位置。

　　如今，孤独不再使我悲伤，田野里悲凉的瑟瑟声，乌鸦凄苦的叫声也不再使我心惊胆战。如今，我认识了树木，夜莺在它的枝头上唱歌；我认识了星星，夜色中，它神秘地眨着眼睛。我发现了无情时光的温柔，我赞美静谧的黄昏。晚霞中，一缕轻烟升起在地平线上。

　　就这样，外衣搭在肩上，我继续唱着歌，吹着口哨，哼着小曲，沿着这条我从未选择过的路，向前走去。

　　如果命运之神想切断这条路，那就随它去好了。至于我，即使我能够抗议，我也不会抗议……

作者简介 ◆

赫尔姆林

（1915 — ）

德国作家。主要作品有长诗《曼斯菲尔德清唱剧》、散文集《前列》、文集《邂逅 1954—1959》及回忆录《暮色》等。

赫伯特叔叔

　　我对我的亲戚不感兴趣，我不喜欢他们中的任何人，只有我的叔叔赫伯特是个例外，他是我父亲的弟弟。赫伯特叔叔很少来我家，一年不过来个两三次吧，还总是跟一个纽芬兰人搭伴来，这个黑头发的人，总是不声不响地坐在门厅里。每当叔叔到来的时候，我跟弟弟总是欢呼雀跃一阵，因为叔叔每次都给我们带些漂亮的书籍来，要么是我们尚未见过的机械玩具。我们笑他那宽檐的黑帽子，叔叔也开心地朝我们微笑。有时，一位姓S的画家跟他一块儿来，我父亲很赏识他那些涂满灰色或者蓝灰色的画。S也同样住上几天，我们家房子很宽敞，常常有客人来往。

　　我父亲不是一个喜形于色的人，可是，每次赫伯特叔叔来我家，他的眼睛总是闪烁着拘谨的喜悦。叔叔的长相酷似我父亲，也是中等身材，长着一双同样的蓝眼睛，只是他的肩膀略宽些，显得有点发福，在他的微笑里流露着某种懦弱。只要他一来，我那经常不在家的母亲，便会显得比平时忙碌，从她的嘴里会涌出一些充满魅力的名字，像裁缝盖尔逊呀、首饰匠马尔库斯呀、理发师卡尔斯顿呀。赫伯特叔叔洗漱完毕，我父亲便在自己的工作间里关上门同他待上一阵子，从那里一点声音都透不出来。他们再出来的时候，便坐到钢琴前，弹奏舒伯特的《F小调幻想曲》和其他联奏曲。我的印象是，他们在弹琴的时候，也可以说他们在借助音乐，继续他们的谈话。赫伯特叔叔琴弹得跟我父亲一样好。我父亲不在家时，他便自己弹。他总是从他的行囊里掏出一大叠乐谱，他弹的那些曲子，通常在我们这里是听不到的、都是相当新的作曲家的作品，像斯克里亚宾、拉威尔，还有一个叫希里尔·斯考特的英国人的作品。他弹琴的时候，我就观察他那两只手，手指被烟熏得焦黄。这兄弟俩都是烟瘾很大的人，他们甚至常常一边弹琴一边吸烟，不过，赫伯特叔叔的香烟完全不同于我父亲的，它们有一股奇特的甜味。有时在我练琴的时候，叔叔便悄悄走进音乐室，专心地听我练上一阵，然后夸奖一番我的进步。我发现他还懂点小提琴，他纠正我下颏和左手的姿势，来改善我的颤指法。

我从未听他大声说过一句话，我在他身上从未见过与善和爱不相容的性格。有一次我向他提了一个问题，这个问题所引起的几乎令人难以察觉的效果，使我十分尴尬。在他常常独自或者同S到我家来过几次之后，我曾经问他，是不是在过独身生活，是不是还没有结婚。赫伯特叔叔以他令人熟悉的、现在却有点变样的微笑，否定了我的问题。他抚摸着我的头发，然后坐到钢琴前。

我发现，佣人们对待赫伯特叔叔，在礼节上有点过分，好像他们都在偷偷地讥笑他。他好像没有察觉这些，他悄声地感谢他们的帮忙和回话；我发现，在这种时刻，他总是垂着眼睑。

有一回，我告诉我的女教师，我喜欢赫伯特叔叔，像喜欢我父亲一样，她紧闭着嘴唇，眼睛瞪着墙壁。"你叔叔讨人喜欢、善良，"过了一阵子，她冷淡地说，"可他不会过日子。"我想知道，这话是什么意思。"他光会弹钢琴，花别人的钱，老爷……"她提到我父亲和我母亲时，从不用别的称呼，总是称"老爷"、"太太"。"老爷养活着他，供给他一切花销，真叫人难过，你叔叔跟个孩子一样……他没法儿跟老爷相比。根本就……"她以这令人捉摸不透的"根本就"，结束了她的教诲，这教诲并未给我留下什么印象。于是，我似乎更喜欢赫伯特叔叔，因为照她的说法，他跟孩子一样。

大约就在这个时候的前后，我无意中成了我父母之间一场争论的见证人，我立即猜到，他们是在争论关于赫伯特叔叔的事情，否则我也不会留心。当我父母走进一间屋子时，偏巧我正在隔壁一间屋子的墙角里，坐在地板上看书。他们看不见我。父亲坐到一把软椅上，我母亲在气呼呼地斥责他。"你至少也该想想才是，"我听母亲说，"你明明知道，这种人是不可靠的。"她时而显得有些愚蠢的样子，用英语重复一遍这句话："People like him are rather unreliable, you know……""别说了"，我听父亲低声说，"别再说了，我请求你……"我踮着脚尖离开那间屋子，没让他们发现我。

大约在我九岁多吧，赫伯特叔叔有好几个月没到我家来了，有一天，我在上课的时候，家里发生了骚动。我听见人们来来往往地走动，一扇门打开了，传来压低嗓门的说话声和叹息声。我跑出房间，后边传来我的家庭教师要求我遵守纪律的喊声和抗议声。在过道里我碰见了我的女教师，她哭得两眼通红，一有机会，她准要哭，"你那个赫伯特叔叔死了，"她悄声说，"多么不幸啊……"我蹑手蹑脚地向父亲的工作室走去，轻轻地打开门。只见我父亲脸色苍白，站在屋子中央，他那模糊不清的眼睛，正望着我走来的方向。

赫伯特叔叔自杀了，在另外一个国家的什么地方，我父亲去参加了他的葬礼。人们不再提起他了，渐渐把他忘了，我也一样。后来，偶尔在暮色朦胧的时刻，我一个人坐在音乐室里，还会听见他那看不见的双手弹奏出来的陌生的乐曲。

作者简介 ◆

海因里希·伯尔

（1917－1985）

德国作家。成名作《正点达到》是"废墟文学"的代表作。《爱尔兰日记》是他最负盛名的散文作品。

一个爱尔兰城市的肖像

利默里克的早晨

"利默里克斯"是人们所说的一种几乎类似密码式笑话的诗体，而我们从利默里克这个城市，这个以此种诗体命名的城市获得了一个欢快的印象：趣味盎然的诗句，笑声朗朗的姑娘，种种的风笛乐音，回旋在大街小巷上的欢声笑语。这种种欢快，我们在都柏林都利默里克之间的公路上领略了许多许多：各种年龄的学生——有一些赤着脚——欢快地漫步在十月的雨天里。他们从各条小路上走来。人们看到，他们远远地从篱笆之间泥泞的小路上走来，汇聚到一起，就像涓滴汇进小沟，小沟流入小溪，小溪流入小河——间或有汽车驶入他们中间，仿佛驶入一条河流，河水心甘情愿地分开。当汽车经过一个较大的村镇时，那一段公路忽然空旷了，但是随后这涓涓滴滴又重新汇聚到一起：爱尔兰的学生们你推我挤，相互追逐。他们的衣着往往很奇特：色彩缤纷而又拼接在一起。不过，即使他们并不欢快，也至少都很坦然。他们就这样在雨地里跋涉好几英里，又在雨地里走回来，手中握着棒球棍，书本用一条带子捆扎着。在180公里的车路上，尽管下雨，汽车一直穿行在多数赤着脚、衣裳破旧的爱尔兰学生中间。但几乎所有的学生看上去都那么欢快。

假如在德国有人对我说：路属于马达，那么，我认为在这里这句话是亵渎神明的。在爱尔兰我曾多次打算说：路属于牛；确实，牛被打发到牧场去，像孩子们上学一样自由随便。它们成群结队地拥上公路，傲慢地围着隆隆作响的汽车踱步。于是司机在这里就有了机会表现他们的幽默，锻炼他们的镇定，检验他们的灵敏技巧。他小心翼翼地驶近牛群，不无胆怯地挤进仁慈让出的狭窄通道，直到他赶上并超过最前头的那只牛，才可以加大油门并声称自己走运，因为他逃脱了一次危险。还有什么事情比刚刚经历过的风险更激动人心，更称得上是能激起不胜感激之情的兴奋剂呢？因此，爱尔兰的司机总是习惯于感恩戴德的人。他不得不经常为他的生命、他的权利和他的速度而斗争：同学生和牛斗争。他将永远无法把那冠冕堂皇的口号——"路属于马达"印入脑海中。路属于谁的问题，在爱尔兰还远远不能作出定论——而路是多么漂亮啊：墙壁、墙壁、树木、墙壁和篱栅。爱尔兰墙上的石头足够建造一座巴别塔。不过，爱尔兰的废墟表明，动工兴建这座塔是毫无意义的。不管怎样，这些漂亮的路不属于马达。它属于正在使用它的人和为使它畅通无阻而给自己机会表现灵敏技巧的人。有一些路属于驴子。驴，逃学的驴，它们在爱尔兰成群结伙，在栅栏周围吃来吃去，屁股对着驶过的汽车，忧伤地观赏着风景。不管怎样，路不属于马达。

牛、驴和孩子们的坦然、欢快，我们在都柏林和利默里克之间领略了许多。此外，还联想到利默里克斯诗体；谁在接近利默里克市时不想象它是一个欢快的城市呢？路被欢快的学生，持重的牛以及沉思的驴统治过之后，忽然又空荡荡的了。孩子们似乎到了学校，牛进了草地，驴子也似乎被劝告遵守秩序了。阴云从大西洋那边堆过来，利默里克的街道上昏暗了，空旷了。白色的只有放在门前的牛奶瓶，几乎过白了一些。划破天空阴暗的海鸥，白而肥胖的海鸥云团，支离破碎的白块，这一切在一瞬间汇合成更大的一块白。绿莹莹闪烁在 8 世纪、9 世纪乃至远古的古老墙垣上的是苔藓。而 20世纪的墙与那些 8 世纪的墙几乎没有差别：它们也布满了苔藓，也是断壁残垣。在肉店里闪烁着又红又白的整扇牛肉，那里，学龄前的利默里克孩子们显示出他们的创造天赋：紧紧抓住猪脚、牛尾，在肉块中间荡着秋千；露出嬉笑的苍白的面孔。爱尔兰的孩子们真有办法。但他们是这个城市唯一的居民吗？

我们把汽车停在教堂附近，慢悠悠地走在阴暗的街道上。古老的河桥下，混浊的香农河水滚滚流去。这条河对于这个城市来说是过长、过宽、过于汹涌了。孤寂向我们袭来，还有来自苔藓、古墙以及许许多多看上去像为判处死刑的人准备了好久的白得刺眼的牛奶瓶的悲哀、荒凉；连那些在没有灯光的肉店里肉块上打秋千的孩子们看上去也跟幽灵似的。有一个办法可以对付这在陌生的城市突然袭来的孤寂：买点东西。买一张明信片，一块口香糖，一支铅笔或者几支香烟。通过买东西的方法，手上得到一点什么，进入这个城市的生活。不过，在利默里克这里，在星期四上午 10 点半钟的时候，能够买到东西吗？我们会不会忽然从梦中醒来，发觉自己雨中立在荒野什么地方的汽车旁，而利默里克市就像海市蜃楼——雨中的海市蜃楼那样消失不见呢？牛奶瓶白得如此刺眼，尖叫的海鸥也不如它白。

利默里克旧城与新城的比例如城市之岛与巴黎其他部分之比，而利默里克旧城市与城市之岛相比大约是一比三，利默里克新城与巴黎之比大约是一比二百。丹麦人、诺曼底人，最后才是爱尔兰人占据了这块美丽而阴暗的香农河渚地区。苍老的桥梁把浊流滚滚的香农河两岸连接在一起。在桥头接岸的地方，人们让一座纪念碑矗在一块石头上，或者说让一块石头落在纪念碑的底座上。在这块石头处，曾经宣誓保障爱尔兰人的宗教活动自由，曾经为此签订过一项协定，而后来又由英国议会废除了。因此，利默里克获得了一个别名：废除协定之城。

在都柏林有人对我们说："利默里克是世界上最虔诚的城市。"我们本应该看看日历，以便弄清楚，为什么街上空荡荡，牛奶瓶没有开启，商店里空无一人？利默里克在教堂里，星期四上午 11 时左右。突然，在我们来到新利默里克中心之前，教堂的门打开了，街上人满了，牛奶瓶从门前取走了。简直像一次征服，利默里克人占领了他们的城市。连邮局也开了门，银行打开了它的出纳窗口。五分钟以前，我们还似乎是在一个荒无人烟的中古城市里漫步，现在一切都令人不安地正常化了，亲切而又富于人情味。

为了保证我们在这个城市里的生存，我们采购了各式各样的东西：香烟、肥皂、明信片和一副拼图游戏板。我们吸着烟，嗅着肥皂，写着明信片，包装好拼图游戏板，欢快地来到邮局。显然这里还有一点小小的停滞。首席邮政小姐还没有从教堂归来，下属的小姐不能澄清理应澄清的问题：二百五十克的印刷品（拼图游戏板）寄到德国需要多少钱。这小姐求援似的望望闪烁在烛光中的圣母玛丽亚像。但是，玛丽亚默不作声，她仅仅在微笑，而这微笑的意思是：忍耐。奇特的秤砣出现了，奇特的秤，绿得刺眼的海关登记表也展示在我们面前，查询簿子打开又合上，而唯一的答案是：忍耐。我们忍耐着。又有谁十月份从利默里克把拼图游戏板作为印刷品寄往德国呢？又有谁不知道，四旬斋虽然不是全天但也是多半天的节假日呢？

后来，拼图游戏板早已躺在信箱里，我们还看到在严厉而忧郁的眼睛中露出的怀疑态度：阴郁闪动在蓝蓝的眸子里，在大街上出售圣像的吉卜赛女郎的眸子里，在旅馆女经理的眸子里，在出租汽车司机的眸子里。这是环绕在玫瑰花周围的尖刺，插在世界上最虔诚的城市心房上的箭。

利默里克的晚上

牛奶瓶失去了童贞，被揭掉了封记，灰白、空空、肮脏，立在门前或窗台上，阴郁地等待着清晨被它们的新鲜而容光焕发的姐妹们替换。海鸥还不够白，无法替代清白的奶瓶的天使般光彩。海鸥掠过香农河，河水夹在两道墙壁中间，流速加快到二百米。酸味的、灰绿色的水藻覆盖了墙面；那是落潮，使人觉得利默里克似乎以一种伤风败俗的方式祖露了出来，它的衣裳被掀起，现出了平时被遮掩住的部分。垃圾也在期待着被涨潮的水冲刷掉。微弱的灯光亮在赌场里。早上在整扇牛肉上打秋千的孩子们现在表明，有这么一种等级的贫穷，甚至连保险别针也太昂贵了：包装绳比较便宜，而且它也起同样的作用。八年以前曾经比较便宜但是新的一件男上装，现在既当大衣、裙子又当裤子和背心；为成年人剪裁的衣袖高高挽起，包装绳绕着肚子；而在手上，像牛奶那样洁白闪光的是吗哪，是爱尔兰最边远的村落也有的、始终新鲜和便宜的东西：冰淇淋。玻璃球滚过步行小路；偶尔往赌场瞥一眼，爸爸恰巧把失业救济金的一部分押在紫云上。令人感到舒适的夜幕越降越低了，玻璃球哒啦啦地滚在通往赌场的旧台阶上。爸爸是否还要去第二家赌场，把运气押在夜娥上，再到第三家押在自由岛上？在利默里克这儿，赌场有很多家，玻璃球朝台阶滚过去，冰淇淋雪白的汁滴落到排水沟里，最初一瞬像一颗星一样嵌在污泥上，接着便把它的清白融化在泥浆中。

不，爸爸没有到另外一家赌场去，只不过是进了酒店。玻璃球也哒啦啦地滚上酒店的旧台阶。爸爸是否还有买一份冰淇淋的钱？他有。也有给约尼，给派迪，给谢拉和摩拉，给妈妈和婶婶，甚至给奶奶买的钱吗？当然，只要钱够，他肯花。紫云要是赢不了呢？当然赢，它一定赢，他妈的，假如它赢不了的话，那么——"当心，约翰，别让杯子在酒柜上碰得那么响，还要一杯吗？"是的，紫云肯定赢。

如果包装绳没有了，那么，孩子瘦骨嶙峋的、肮脏而又麻木的左手五指也发挥起作用来；同时右手推着、扔着和滚动着玻璃球。

"啊，好乖，让我也稍微尝尝吧。"突然，一声响亮的姑娘喊声在夜幕中响起："今天晚上可是敬神日，你们不去吗？"

嘿嘿一笑，犹豫，摇头。

"好，我们也去。"

"我不去。"

"去吧。"

"不，不去。"

"哎，去吧。"

"不去。"玻璃球哒啦啦地滚在酒店那被人踩缺的台阶上。

我的陪同颤抖了一下。他摆脱不了一种最苦涩最愚蠢的偏见：衣着差劲的人，无论如何比穿戴好的人更危险。在都柏林谢尔布奈饭店的酒吧里，他起码也该像在这里，在利默里克约翰王大教堂后面一样颤抖。啊，假使他们，这些衣衫褴褛的人，真的更危险的话，那么，他们只是同谢尔布奈旅馆酒吧里那些看上去并不危险的人一样危险，刚好这时，一个餐馆的老板娘追撵着一个男孩跑过来。男孩买了相当于二十芬尼的炸土豆片，老板娘认为他从餐桌上的瓶子里倒了太多的醋。

"你这条狗，要让我破产啊？"

他会把土豆片扔到她脸上吗？不，他不知该如何回答，只有那气喘吁吁的胸腔在答复：从他那肺脏弱小的风箱中吹出来的呼哧声。两百多年以前，斯威夫特在1729年写了最辛辣的讽刺文章《为防止穷苦爱尔兰人的孩子成为父母和国家的负担而提出的点滴建议》。在这篇文字中，他向政府建议，将估计数目为每年十二万名的新生儿作为食物提供给有钱的英国人并详细而残酷地描绘了一项服务于各种各样的目的，也包括减少天主教徒数目的计划。

围绕六滴醋的争吵还没有结束，老板娘威胁地挥起手，喘息声从男孩的胸腔里吹出来。无动于衷的人蹑手蹑脚地从旁边走过，醉醺醺的人跟跟跄跄，手拿祈祷书的孩子匆匆跑着，为了及时赶上晚间的祷告。但是，救驾的人已经走近了：他高大、肥胖、臃肿，他的鼻子可能出过血，暗红色的血迹还抹在嘴和鼻子周围的脸上。他也从保险别针转到用包装绳了。但包装绳对于鞋子却无能为力，鞋子开裂着。他走近老板娘，朝她弓下身，做出行吻手礼的姿势，从口袋里掏出一张十先令的钞票递过去。她吃惊地接了，而他彬彬有礼地说："可否允许我，尊贵的夫人，请您把这十先令当做六滴醋的价钱？"

约翰王教堂后面的黑暗中沉寂无声，接着，脸上有血迹的人突然轻声地说："我可以提请您注意吗？现在是晚祷告的时间了。请您向牧师转达我满怀敬意的问候。"

他摇摇摆摆地走去，男孩也战战兢兢地跑开，只剩下老板娘自己。突然，泪水流下她的面颊，她呼喊着跑回屋子，那呼喊声在她关上房门之后还能听到。

大西洋还没有让行善的水涨高，墙壁依然裸露的肮脏，海鸥不够白。约翰王教堂将幽暗的身影从夜幕中挺起，好一处名胜；二十年代建的公寓楼也挤进去，而20世纪建的公寓楼看上去却比13世纪建的约翰王教堂还衰败。小灯泡发出的微弱光亮抵挡不住楼堡巨大的阴影，恼人的黑夜淹没了一切。

十先令买六滴醋！谁如果不是作诗而是为诗献身，就将付出百分之一万的利息。皮肤黝黑、沾有血迹的醉汉，包装绳用于上衣而管不到鞋子的人在哪里呢？他掉进了香农河，掉进了两座桥之间海鸥用作免费滑梯的峡谷吗？黑暗中海鸥仍在飞旋，仍在桥与桥之间的昏暗的水流俯冲，又飞起，反复做着这一游戏，无休无止，无厌无足。

歌声从教堂传出，祈祷的前奏。出租汽车将客人从香农机场载来，绿色的客车摇摇晃晃地穿行在昏黑的夜色里。黑色的、苦涩的啤酒在罩着帘子的酒店窗户后面奔流着。紫云必须赢。

教堂里的晚祷已经结束了，耶稣巨大的心脏闪烁着紫光。蜡烛燃着，迟到的人在祷告。香火和烛火的热气，寂静，只有教堂管事拖沓的脚步声可以听到。忏悔凳前的布帘已经拉好，供奉台空了，耶稣的心脏闪烁着紫光。

这五十年、六十年、七十年来，从这个称为出生地的船坞开到大西洋沉船处去的船票究竟有多高？

洁净的停车场，洁净的纪念碑，黑暗的、冷清的、规整的街道；这里的某一个地方诞生过罗拉·蒙黛茨。起义时代的断壁残垣还未变成废墟，在钉子加固的房子的黑色木板墙后面有老鼠在喧闹，翘裂的仓房缝隙一任时光来去，灰绿色的泥浆涂抹了没有遮掩的墙壁，黑色的啤酒为不会赢的紫云而流淌。街道，街道，一时淹没在晚祷归来的人群中，两旁的房屋似乎变得越来越小。监狱的墙，教堂的墙，兵营的墙；一位下岗归来的中士把自行车靠在他的小房子门旁，绊倒在门槛旁的孩子们身上。

又是香火、烛焰、寂静，无法与耶稣心脏分别的祷告人受到教堂管事的劝诫，还是回家去吧。摇头。"可是——"教堂的管事轻声细语地讲了很多理由。摇头，紧紧地粘在跪凳上。谁想数祷文，谁想数诅咒，谁又有记录今晚押在紫云上的希望的盖革计数器呢？在四条细长的马缰绳上搁着没人能赎回去的抵押。假使紫云不胜，烦恼定将同接近希望时一样，用同样多的啤酒释散。玻璃球仍然哒啦啦地滚在酒店旧台阶上，滚在教堂和赌场的台阶上。

后来我才发现了最后一瓶像清晨那样不曾失却童贞的牛奶；牛奶瓶立在一幢窗板已经锁牢的小房子门前。隔壁门前站着一名上了年纪的、头发花白的、邋遢的女人，只有她嘴上的香烟是白色的。我停住脚步。

"他到哪儿去了？"我轻声问道。

"谁呀？"

"这牛奶的主人。他还在床上睡觉吗？"

"没有，"她轻声说，"他今天出走了。"

"把牛奶扔下不管了?"

"是的。"

"让灯亮着?"

"还开着吗?"

"您没有看到吗?"

我弯下身子，凑近房门的黄色缝隙，向房子里面张望，看到窄小过道里的一扇门前还挂着一条毛巾，衣架上有一顶帽子，地板上放着一个盘子，里边还有吃剩的土豆。

"确实，他还让灯亮着。不过即使这样，账单也不可能给他寄到澳大利亚去。"

"他去澳大利亚了?"

"是的"

"那么牛奶账呢?"

"他也没有付。"

香烟的白纸已经燃近她的黑嘴唇，她蹭回门里。"是呀，"她说，"他本可以把灯熄掉。"

利默里克睡了，在千百颗念珠下，在种种诅咒中睡了，在黑暗的啤酒中游去；由唯一的一只雪白的牛奶瓶守护着，利默里克梦着紫云和耶稣紫色的心脏。

作者简介 ❖

罗伯特·穆齐尔

（1880－1942）

奥地利小说家。代表作有《学生特尔莱斯的困惑》、《没有个性的人》等。

裁缝的童话

一

我不相信，这是一个裁缝。

他站在法官面前，说道："我要坐监狱，我在监狱里感到最舒服不过了。我的母亲死了，我跟我的朋友们闹翻了。啊，我那样对待我的母亲真不应该啊。生命有什么价值？但总不能大家都去自杀，您应当同情我！法官先生，如果您同情我，那您就把我永远关起来！我会为此感到幸福的！在监狱里我能工作，做一名裁缝，再不要出来，再不要回到这个世界。"

但是法官理解不了，只判他一个星期的拘役。

被判决者因为判刑太轻提出上诉。

法官告诉他说，只有检察官才能因为判刑太轻提出上诉。但是检察官对此毫无兴趣。

二

我相信，这之后不久，我在十一月十二日环行大道上滚动一枚大炸弹，它比我还大。我在它身上花费了毕生的精力，我要用它把我的时代炸到空中去。一个警察拦住了我，观察着炸弹。我说："我一定要用它把我的时代炸到空中去，因为它不愿跟随我，警察先生，这是我的作品。"在这一瞬间，我觉得炸弹是那么大，就如同在印刷报纸前卸下来的滚筒纸一样。"啊，您是从报社……"警察温和地说，"您不需要许可证。"

三

我的炸弹转了一个奇妙的弯就滚进国会大厦平台下的大门里，滚进大厅里。每当宣告一场革命时，这座大厅里总是有许多警察。我引爆我的炸弹，可他们把火扑灭了，因为上面正在开会发言。我大声喊叫："我死后二十年它就会成为一枚炸弹！"这时所有的警察都向我冲来。我手头有一件工具，我想，是叫做曲柄钻。它是一个钻孔器，使用时抵住胸部，用手摇动曲柄，可以把铁钻出洞来，我用它来保护自己。我把它顶在一个警察前胸的第二个和第三个纽扣之间的位置上，开始转动起来。这个警察的脸变得越来越苍白。可其他警察想抓住我的胳膊，虽然他们没有立刻就抓住它，但是我的两条胳膊四周却乱成一团，到最后钻头没法向前转动了。

我就这样被逮捕了。

四

"法官先生……！"我说。

"法官先生，我读过许多书，受过多年训练，因为我要成为一个诗人，要认识我的时代，不仅是……"我毫不羞愧地为自己进行辩护，但是法官早就熟悉这一套了，他莞尔一笑问道：

"您私造纸币？"

"没有！"我高兴地叫了起来，"这是被禁止的！"

首席法官望着他身边的人的面孔，右边律师望着左边律师，国家检察官望着记者，大家都面泛微笑。"我要求专家进行鉴定！"辩护人胜利地叫了起来。

"您被起诉了，因为您没有私造纸币。"法官说。

五

从那以后我就蹲在监狱里了。

专家们解释说，他缺少"钱腺"，因此他没有道德调节器官，每当有人厚颜无耻对待他时，他立刻就要冒火，除此，他患有思想溜号症，别人说了成百次的话，他也无法听进去，而总是寻求新的念头，就是这样。文学专家的鉴定比这更坏。从根本上看，我是一个微不足道的人，不必加以惩罚。

可是从那时起，我就生活在秩序的童话里。没有人责备我的不合体统的举止，正相反，在这些蹲监狱的人中间，我宛如一种奇妙的现象那样引人注目。我的知识是出类拔萃的，作为一个作家，我是一个权威，甚至可以替看守代写书信。所有的人都称赞我。因为在那个正义的世界，我是一个微不足道的人，而在这个不正义的世界里，我就成了有口皆碑的道德上和知识上的天才了。我做这一切不是为了钱，而是为了得到称赞和自我表扬。我又做裁缝的工作了，这工作的性质奇妙极了，我的灵魂是一根针，它整小时地穿进穿出，它像蜜蜂那样嗡嗡不停。我脑子里空荡荡的，就像躺在坟墓里一样，蜜蜂嗡嗡叫个不停。

六

若是有人向我证实，这一切不是真的，我从前不是一个低贱的裁缝，我现在不是蹲在一所监狱里的话，那我为谋取一所疯人院的荣誉位置会向共和国总统提出申请的。

就是那儿也是美好的。我这个人到哪儿都挺合群，不会有人感到奇怪，我是为了他们的缘故才忙个不停的。是啊，正相反，他们也会把所有的障碍给我从路上清除干净的。

作者简介 ◆

茨威格

（1881－1942）

奥地利著名作家、小说家、传记作家。主要作品有《月光小巷》、《看不见的珍藏》、《一个陌生女人的来信》、《象棋的故事》、《伟大的悲剧》等。

世间最美的坟墓——记1928年的一次俄国旅行

我在俄国所见到的景物再没有比托尔斯泰墓更宏伟、更感人的了。这将被后代怀着敬畏之情朝拜的尊严圣地，远离尘嚣，孤零零地躺在林荫里。顺着一条羊肠小路信步走去，穿过林间空地和灌木丛，便到了墓冢前。这只是一个长方形的土堆而已，无人守护、无人管理，只有几株大树荫庇。他的外孙女跟我讲，这些高大挺拔、在初秋的风中微微摇动的树木是托尔斯泰亲手栽种的。小的时候，他的哥哥尼古莱和他曾听保姆或村妇讲过一个古老传说，提到亲手种树的地方会变成幸福的所在。于是他俩就在自己庄园的某块地上栽了几株树苗，这个儿童游戏不久也就忘了。托尔斯泰晚年才想起这桩儿时往事和关于幸福的奇妙许诺，饱经忧患的老人突然从中获得了一个新的、更美好的启示，他表示愿意将来埋骨于那些亲手栽种的树木之下。

后来就这样办了，完全按照托尔斯泰的愿望：他的坟墓成了世间最美的、给人印象最深刻的、最感人的坟墓。它只是树林中的一个小小长方形土丘，上面开满鲜花——没有十字架，没有墓碑，没有墓志铭，连托尔斯泰这个名字也没有。这个比谁都感到受自己的声名所累的伟人，就像偶尔被发现的流浪汉、不为人知的士兵一般不留名姓地被人埋葬了。谁都可以踏进他最后的安息地，围在四周的稀疏的木栅栏是不关闭的——保护列夫·托尔斯泰得以安息的没有任何别的东西，唯有人们的敬意；而通常，人们却总是怀着好奇，去破坏伟人墓地的宁静。

这里，逼人的朴素禁锢住任何一种观赏的闲情，并且不容许你大声说话。风儿在俯临这座无名者之墓的树林之间飒飒响着，和暖的阳光在坟头嬉戏。冬天，白雪温柔地覆盖这片幽暗的土地。无论你在夏天和冬天经过这儿，你都想象不到，这个小小的、隆起的长方形包容着当代最伟大的人物当中的一个。然而，恰恰是不留姓名，比所有挖空心思置办的大理石和奢华装饰更扣人心弦。在今天这个特殊的日子里，成百上千到他的安息地来的人中间没有一个人有勇气，哪怕仅仅从这幽暗的土丘上摘下一朵花留作纪念。人们重新感到，世界上再也没有比这最后留下的、纪念碑式的朴素更能打动人心。残废者大教堂大理石穹隆底下拿破仑的墓穴，魏玛公侯之墓中歌德的灵寝，西敏司寺里莎士比亚的石棺，看上去都不像树林中的这个只有风儿低吟，甚至全无人语声，庄严肃穆，感人至深的无名墓冢那样能剧烈震撼每一个人内心深藏的感情。

作者简介 ◆

皮兰德娄

(1867 – 1936)

意大利小说家、戏剧家。主要作品有《诚实的快乐》、《是这样，如果你们以为如此》、《我们今晚即兴演出》、《寻找自我》等。

 # 一 天

　　我一觉醒来，也许一时疏忽，就被抛出火车，落到一个中途站。夜茫茫；我两手空空。

　　我无法从惊惧中清醒过来。然而最令我吃惊的是我没有在身上找出任何遭受暴力的痕迹；不仅如此，我也没有任何印象，连丝毫模糊的记忆都没有。

　　我站在地面上，孤零零地，车站空无一人，一团漆黑；我不知道去问谁，以便弄清楚在我身上出了什么问题，我在什么地方。

　　我隐约看见一盏带遮光罩的小提灯走向火车，关上了我从那里被赶下来的那道门。火车立即重新启动。那盏小提灯连同它那微弱灯火发出的飘忽不定的光一起，马上在车站里消失了。我茫然不知所措，竟没有想到追上去要求解释和提出抗议。

　　可是我抗议什么呢？

　　我无限惊奇地发现自己不再想乘火车旅行了。我根本不记得从何处来，往何处去；如果真是旅行，出发时我应当随身携带物品。我觉得什么也没有。

　　我在这可怕的神思恍惚中怅然若失，突然想起那盏鬼火般的提灯，它迅速地退去，对我被驱赶下车毫不以为怪，这使我害怕起来。

一个爱尔兰城市的肖像

那么也许这种下车方式在这个车站是很正常的事情啦？

在黑暗中，我看不清车站的名称。但是这个城市肯定是我所不知道的。

黎明将至，在惨淡的清辉里看起来，这里好像荒无人烟。在车站前面灰蒙蒙的大广场上有一盏路灯还亮着。我向它走去；我站住了，不敢抬头向上看，好像被寂静中自己脚步的回声吓呆了。我打量自己的双手，看看手背又看看手心；握拳，张开；我用手触摸自己，在身上寻找自己，也为了感觉出自己是什么，因为我连这一点也不能肯定：我确实存在，并且这一切都是真实的。

稍后，当我走进城市中心时，看见的东西使我惊讶不止，走一步就得停一停，最令我惊奇的是看见其他所有的人，尽管同我毫无二致，却是来来往往，并不注意什么，好像这些东西对他们来说是司空见惯、最自然不过的事情。我觉得好像被拖着走，但在这里也没有发现有人对我施加暴力。只是我，对自己身体内的一切毫无知觉，几乎各个部位都麻木了。可是我认为，既然我不知道发生的事情是什么，在哪里和为什么，那就一定是我错了，而所有其他的人都是对的，看起来他们不仅知道这一切，而且他们也了解他们所做的那一切，相信不会出错，没有半点犹豫。他们非常相信他们正在做的事情，以致当我有时因为他们的长相，有时因为他们的某些举动，或者因为他们的表情而笑起来或显得吃惊时，就一定会遭到他们的白眼、斥责，或许还会惹怒他们。我急切地想发现点什么东西而不被别人察觉，不得不将一些眼里不断闪出凶光的狗引开。既然我什么也不懂，一点儿也不明白，那就是我错了，我错了；无论我多么缺乏对行为准则的了解和缺少实际知识，连一些看起来最普通和最容易的事情也不懂，我还得努力使人看到我也是胸有成竹的样子，像别人一样在想方设法努力干。

我不知道从哪里做起，走哪条路，开始做什么。

可是，我已经年纪不小了，难道能够永远像一个小孩子那样不长大而且不做事情吗？也许我在梦里工作过，我不知道那是怎么回事。但是我肯定工作过；一直工作，并且干得很多、很多。好像所有的人都知道这个，因为许多人朝我看，此外，不止一个人还同我打招呼，我并不认识他们。开始我很是疑惑，不知道这问候是否真是对我发出的；我朝两旁看看，又向后面看看，他们招呼我也许是弄错人了吧？但是没有，他们招呼的就是我。我迎上去，惴惴不安，心怀必要的但又不自信的侥幸；我迟疑地走近了，摆不脱一种奇怪想法的纠缠，这事情真是微不足道：我认得我的衣服，我不敢肯定我身上的这件衣服；我很奇怪它变成了我的衣服；现在我怀疑他们是向这件衣服打招呼，而不是向我。实际上，除这件衣服之外，我身上一无所有啊！

我回过头来在自己身上搜索。一个意外的收获。我摸到上衣胸前的口袋里藏着一个皮夹子。我把它掏出来，几乎可以肯定它不属于我，但属于这件不是我所有的衣服。真是一只旧皮夹，浸过水褪成淡黄色了，好像落入一条水沟或一口井之后被捞出来的。我打开它，或者更准确地说，我把粘在一起的地方撕开，看看里面。有几张折叠起来的纸片，由于水泡化了墨汁，那上面的字迹已无法辨认，我发现其中夹着一张小小的泛黄的圣像，是教堂里分发给小孩们的那种，同它粘在一起的是一张大小差不多的照片，也褪色了。我揭下它瞧瞧。哟！这是一位很漂亮的姑娘的照片。她穿着泳装，几乎全裸，秀发飘逸，快乐地张开双臂做出告别的姿态。我欣赏她时，不知道为什么感到有些难过，她似乎是遥远的，虽然不能完全肯定，我觉得从她身上得出的印象是她如此快乐地在风中挥手，是向我告别。可是我无论如何努力回想，也没能认出她是谁。一个如此漂亮的女人不可能从我的记忆里消失，她被那吹乱头发的风刮走了吗？当然，在这个被水浸泡过的皮夹里，在圣像旁边的这张照片占据的是留给未婚妻的位置。

我再翻一翻皮夹，心里并不高兴，而是深感不安，怀疑这皮夹

一个爱尔兰城市的肖像

不属于我。

我在一个隐蔽的夹层里找出一张大面额的钞票，不知被遗忘后在那里存放了多久，它被叠成四折，很破旧，在折缝上已磨出了一些小洞。我本一文不名，不可以用它来救济我吗？我不知道那张小照片上的人物肖像，以什么样的说服力向我保证，这张钞票是我的。然而，凭什么相信这个被风吹得乱蓬蓬的小脑袋呢？时间已过正午；腹中饥饿难耐：必须吃点东西了。我走进一家餐馆。

我大吃一惊，在这里我看见自己被他们当贵宾似的接待，非常受欢迎。

他们把我引至一张摆好餐具的桌子边，拉开一把椅子请我坐下。但我还是小心谨慎行事。我向老板示意，把他拉到背人处，向他出示那张旧的大票子。他惊讶地盯住那钱；接着变成很敬畏的样子，检查起来；然后对我说，毫无疑问，这钱的面值很大，但已经很久不流通了。可是不用担心：像我这样体面的人物，把它拿到银行去，一定会被接收并给换成通用的较小额的零钱。餐馆的老板一边这么说着，就把我领出这条街口，并将附近的一座银行大楼指给我看。

我走进去，银行里所有的人都表现出很乐意帮我这个忙的态度。他们告诉我，那是银行尚未收回的极少几张钞票之一，银行从某个时候起不再允许非小额钞票在这里流通。他们接连不断地给了我许多许多小票子，我愣住了，几乎快被钱压死。我只带了那只被水泡过的皮钱夹。可是他们劝我不要慌乱。一切都有办法解决。我可以把我的钱用活期存款的方式留在银行里。我假装听明白了；我将几张钞票和把其余的钱全部留在他们那里而换得的一个小本子塞进衣服口袋里，走回那家餐馆。我没有找到对我胃口的食物，我害怕不能消化那些东西。可是消息已经传开了，说我即便不是很富，肯定不再是穷人；结果，我走出餐馆时，就看见一辆小汽车等着我，一位司机一手脱帽一手打开车门请我上车。我不知载我去哪里。但是看得出来，像我有一辆汽车一样，我将还有一所不知道的房子。可不是嘛，一幢极美观的房屋，古典式的，里面当然在我之前有许多人居住过，并且在我之后将有许多人来居住。所有这些家具真的是我的吗？我感到很陌生，好像擅自闯入了别人的家里。

同今天早上拂晓时分的城市一样，现在我觉得这个家里空无他人；当我在寂静中走动时我又害怕起自己脚步的回音。我鼓起勇气来回走动着，偶然打开一扇门；我意外地发现一个灯光明亮的房间：是卧室，而且在床上的，是她，那个照片上的姑娘，活生生的，仍然快活地扬起双臂，但这一次是表示邀请我向她扑过去，并且她要用手臂欢欢喜喜地把我拥抱。

当然，很像是做梦，一夜之后，早上天亮时，那睡在床上的她就不见了。不见她的踪影。而那张床，夜里曾经是那么暖和，现在摸起来凉冰冰的，像是墓穴。整座房子里弥漫着那种生命枯萎、灰尘遍布的地方才有的气味，使人产生厌倦烦躁的感觉，需要习惯于克制自己才能呆得下去。我一向憎恶克己。我要逃走。不可能这里就是我的家。这是一个噩梦。肯定我做了一个最荒诞的梦。仿佛为了证实一下，我走到挂在对面墙上的镜子前照照自己，立刻映出一副受了惊吓而且困惑不解的面孔来。我的眼睛，那双我觉得从小就有的眼睛，现在不知从哪个遥远的地方望过来，因恐惧而瞪大，我不敢相信，这不是一张老头子的脸吗？我，已经老啦？这么快吗？怎么可能呢？我听见有人敲门。我跳下床。有人向我通报我的儿子们来了。我的儿子们？我觉得奇怪，我居然生出儿子来了。可是什么时候生的呀？可能是昨天有了他们。昨天我还年轻。现在，我是老人，承认他们吧，这是合理的。

他们进来了，手里牵着小孩儿，他们生的孩子。他们立刻跑过来扶住我；他们亲切地责备我下了床；他们小心地扶我坐下，以便让我停止喘气。我，喘气？可不是吗，他们清楚地知道我不能再站立了，我病得很重很重。

我坐下，看着他们，听他们说话；我觉得他们是在梦里同我开

一个爱尔兰城市的肖像

一个玩笑。我的生命就要结束吗？

当我注视他们时，只见个个躬身侍立在我身边，我不无恶意地看见，在他们的头上几乎难以觉察地冒出来了，生长着，生长着，不少的，不少的白头发。

"你们看，难道不是一个玩笑吗？你们竟然也有了白头发。"

你们看，你们看那些刚才从门外走进的儿童：他们走过来了，在向我的安乐椅走近的过程中就变了，长成大人了；有一位，就是那个，已经变成妙龄少女，为了争宠她排开众人抢先一步。如果不是她父亲拦住，她将会扑过来，坐上我的膝盖，用一只手臂勾住我的脖子，把小脑袋靠在我胸前。

我冲动地要站起身来。可是我不得不承认我真的再也站不起来了。我怀着无限怜惜之心，将眼光从刚才还是儿童、现在已经长得相当大的孙子们身上，转向退到这新一代人后面的我的老了的儿子们，久久地望着他们。

作者简介 ❖

赫尔曼·黑塞

（1877－1962）

瑞士作家。主要作品有《彼得·卡门青》、《荒原狼》、《东方之行》、《玻璃球游戏》等。

树 木

　　树木对我来说，一直是言词最恳切感人的传教士。当它们结成部落和家庭，形成森林和树丛而生活时，我尊敬它们。当它们只身独立时，我更尊敬它们。它们好似孤独者，它们不像由于某种弱点而遁世的隐士，而像伟大而落落寡合的智者，如贝多芬和尼采。世界在它们的树梢上喧嚣，它们的根深扎在无限之中；唯独它们不会在其中消失，而是以它们全部的生命力去实现独一无二的自我。实现它们自己的、寓于它们之中的法则，充实它们自己的形象，并表现自己。再没有比一棵完美的、粗大的树更神圣、更堪称楷模的了。当一棵树被锯倒并把它赤裸裸的致命的伤口曝露在阳光之下时，你就可以在它的墓碑上，在它的树桩的浅色圆截面上读到它的完整的历史。在年轮和各种畸形上，忠实地记录了所有的争斗，所有的苦痛，所有的疾病，所有的幸福与繁荣，贫乏的年头，茂盛的岁月，经受过的打击，被挺过去的风暴。每一个农家少年都知道，最坚硬、最贵重的木材年轮最密，在高山上，在不断遭遇险情的条件下，会生长出最坚不可摧、最粗壮有力、最堪称楷模的树干。

　　树木是圣物。谁能同它们交谈，谁能倾听它们的语言，谁就获悉真理。它们不宣讲学说，它们不注意细枝末节，只宣讲生命的原

始法则。

一棵树说："在我身上隐藏着一个核心，一个火花，一个念头，我是来自永恒生命的生命。永恒的母亲只生我一次，这是一次性的尝试，我的形态和我的肌肤上的脉络是一次性的，我的树梢上叶子的最微小的动静，我的树干上最微小的疤痕，都是一次性的。我的职责是，赋予永恒以显著的一次性的形态，并从这形态中显示永恒。"

一棵树说："我的力量是信任。我对我的父亲一无所知，我对每年从我身上产生的成千上万的孩子们也一无所知。我一生就为了履行延续生命的使命，我没有别的操心事。我相信上帝在我心中，我相信我的使命是神圣的。出于这种信任我活着。"

当我们不幸的时候，不能再忍受这生活的时候，一棵树会同我们说："平静！平静！瞧着我！生活不容易，生活不艰苦。这是孩子的想法。让你心中的上帝说话，它只是缄默。你害怕，因为你走的路引你离开了母亲和家乡。但是，每一步、每一日，都引你重新向母亲走去。家乡不是在这里或是在那里。家乡在你心中，或者说，无处是家乡。"

当我倾听在晚风中沙沙作响的树木时，对流浪的眷念撕扯着我的心。你如果静静地、久久地倾听，对流浪的眷念也会显示出它的核心和含义。它不是从表面上看去的那样，是一种想要逃离痛苦的愿望。它是对家乡的思念。对母亲、对新的生活的譬喻的思念。它领你回家。每条道路都是回家的路，每一步都是诞生，每一步都是死亡，每一座坟墓都是母亲。

当我们对自己这种孩子似的想法感到恐惧时，晚间的树就这样沙沙作响。树木有长久的想法，呼吸深长的、宁静的想法，正如它们有着比我们更长的生命。只要我们不去听它们说话，它们就比我们更有智慧。但是，如果我们一旦学会倾听树木讲话，那么，恰恰是我们想法的短促、敏捷和孩子似的匆忙，赢得了无可比拟的欢欣。谁学会了倾听树木的讲话，谁就不再想成为一棵树。除了他自身以外，他别无所求。他自身就是家乡，就是幸福。

作者简介 ❖

帕尔·拉格奎斯特

（1891－1974）

瑞典诗人、剧作家和小说家。代表作品有《强盗》、《女巫》、《侏儒》、《征服生活》。

🍃 父亲与我

　　记得是一个星期天的下午，那时我快十岁了，父亲牵着我的手，一块儿去森林，去那里听鸟的歌声。我们挥手同母亲告别，她留在家里，因为要做晚饭，不能与我们同去。太阳暖暖地照着，我们精神抖擞地上了路。其实，我们并不把去森林、听鸟鸣看作一件了不起的大事，好像有多么稀奇或怎么的。父亲和我都是在大自然的怀抱中长大的，熟悉了它的一切，去不去森林，是并不要紧的。当然，我们也不是今天非去不可，只是趁礼拜天，父亲在家休息罢了。我们走在铁路线上，这里一般是不让走的，但父亲在铁路工作，便享受了这份权利。这样，我们就可以直接去森林，无需绕圈子、走弯路了。

　　我们刚走入森林，四周便响起了鸟雀的啁啾和其他动物的鸣叫声。燕雀、柳莺、山雀和歌鸫在灌木丛里欢唱，它们悦耳的歌声在我们的身边飘荡。地面上铺满了一层厚厚的银莲花，白桦树刚绽出淡黄的叶子，松树吐出了新鲜的嫩芽，四周弥漫着树木的气息。在太阳的照射下，泥土冒出缕缕蒸气。这里处处充满了生机。野蜂正从它们的洞穴里钻出；昆虫在沼泽地里飞舞；一只鸟突然像子弹似的从灌木丛中穿出，去捕捉那些虫类，而后，又用同样速度拍翼而下。正当万物欢跃的时候，一列火车呼啸着向我们驶来，我们跨到路基旁，父亲用两指对着礼帽，朝车上的司机行礼，司机也舞动一只手向我们回敬。这一切都是在瞬间完成的。我们继续踏着枕木往前走，枕木上的沥青在烈日的曝晒下正在熔化。这里夹杂着各种气味，有汽油的，有杏花的，有沥青的，也有石楠树的。我们迈着大步，尽量踩在枕木上，因为轨道上的石子太尖，会把鞋底磨坏的。路轨两旁竖着一根根的电线杆，人从旁边擦过时，它们会发出歌一般的声音。这真是一个迷人的日子！天空晶蓝透明，不挂一丝云彩。父亲说，这种天气是不多见的。

　　过不久，我们来到铁轨右侧的燕麦地里，我们在这里认识的那个佃户，有一块耕地。燕麦长得又整齐又稠密，父亲带着行家的表情观察着它们，随后脸上露出满意的神态。那时，我对农事不怎么懂，因为我长时间住在城里。我们走过一座桥，桥下的小河很少有过这么多的水，河水在欢腾着流动。我们手拉着手，以免从枕木间掉下去。过桥不远，便到了护路工的小屋，小屋掩映在浓密的翠绿之中，四周是苹果树和醋栗。我们走进去，和里面的人打招呼，他们请我们喝牛奶。然后，我们去看他们养的猪、鸡和盛开着鲜花的果树。看完了，我们又继续赶路。我们想去看那条大河，那里的风景比哪儿都好，而且很别致，河流蜿蜒着北去，流经父亲童年的家乡。我们通常得走好长的路才肯返回，今天也一样。走了很久，几乎到了下一个车站，我们才收住脚。父亲只想看看信号牌是否放在不适当的位置，他真细心。

　　我们在河边停了下来，河水在烈日下轻缓地拍击着两岸，发出悠扬的声音。沿岸苍苍的落叶林把影子投在波光涟涟的河面上。这里，所有的一切都明亮、新鲜。微风从前面的湖上吹来。我们走下坡，顺着河岸走了一阵，父亲指着他儿时钓鱼的地方。小时候，他常常一整天地坐在石上，垂着渔竿静候鲈鱼，但往往连鱼的影子都见不着。不过，这种生活是很悠闲快活的，但现在没时间钓鱼了。

我们在河边闲逛着，大声笑闹着，把树皮抛入河里，水波立刻将它们带走，又向河里扔小石块，看谁扔得远。父亲和我都快活极了。最后，我们感到有点乏累，觉得已经尽兴了，便开始往家里走。

这时，暮色降临了，森林起了变化，几乎快变成一片黑色了。我们加快脚步，母亲现在一定焦虑地等待着我们回家吃饭。她总是提心吊胆，唯恐有什么事会发生。这自然是不会的。在这样好的日子里，一切都应该安然无事，一切都会叫人称心如意的。天空越来越暗，树的模样也变得奇怪起来，它们伫立着静听我们的脚步声，好像我们是奇异的陌生人。在一棵树上，有只萤火虫在闪动，它趴着，盯视黑暗中的我们。我紧紧抓着父亲的手，但他根本不看这奇怪的光亮，只是走着。

天完全黑了，我们走上那座桥，桥下可怕的声响仿佛要把我们一口吞掉，黑色的缝隙在我们的脚下大张着嘴，我们小心地跨着每道枕木，使劲拉着手，生怕从上面坠下去。我原以为父亲会背我走的，但他什么也不说。也许，他想让我和他一样，对眼前的一切置之不理。我们继续走着。黑暗中的父亲神态自若，步履匀稳，他沉默着，在想自己的事。我真不懂，在黑暗中，他怎会如此镇定。我害怕地环顾四周，心扑通扑通地狂跳着。四下一片黑暗，我使劲地憋着呼吸。那时，我的肚里早已填满了黑暗。我暗想：好险啊，一定要死了。我清楚地记得那时我确实是这样想的。铁轨徒然地斜着，好像陷入了黑暗无底的深渊。电线杆魔鬼似的伸向天空，发出沉闷的声音，仿佛有人在地底下喁喁私语，它上面的白色瓷帽子，惊恐地缩成一团，静听着这些可怕的声音。一切都叫人毛骨悚然，一切都像是奇迹，一切都变得如梦如幻，飘忽不定。我挨近父亲，轻声说：

"爸爸，为什么黑暗中，一切都这样可怕呀？"

"不，孩子，没什么可怕的。"他说着，拉住我的手。

"是的，爸爸，真可怕。"

"不，孩子，不要这样想，我们知道上帝就在世上。"

我突然感到我是多么的孤独，仿佛是个弃儿。奇怪呀，怎么就我害怕，父亲一点也没有什么感觉，而且，我们想的不一样。真怪，他也不说帮助我，好叫我不再担惊受怕，他只字不提上帝会庇护我。在我心里，上帝也是可怕的。啊，多么可怕！在这茫茫黑暗中，到处有他的影子。他在树下，在不停絮语的电话线杆里——对，肯定是他——他无处不在，所以我们才总看不到他。

我们默默地走着，各自想着心事。我的心紧缩成一团，好像黑暗闯了进去并开始抱住了它。

我们刚走到铁轨转弯处，一阵沉闷的轰隆声猛地从我们的背后扑来，我们从沉思中惊醒，父亲蓦地将我拉到路基上，拉入深渊，他牢牢地拉着我。这时，车轰鸣着奔来，这是一辆乌黑的火车，所有的车厢都暗着，它飞也似的从我们身旁掠过。这是什么火车？现在按理来说是没有火车的！我们惊惧地望着它，只见车头里许多燃烧着的煤升腾着火焰，火星在夜色里四处飞窜，司机脸色惨白，站着一动不动，犹如一尊雕像，被火光清晰地映照着。父亲认不出他是谁，也不认识他。那人两眼直愣愣地盯视前方，似乎要径直向黑暗开去，深深扎入这无边的黑暗里。

恐惧和不安使我呼吸急促，我站着，望着眼前奇异的状况。火车被黑夜的巨喉吞掉了，父亲重新把我拉上铁轨，我们加快了回家的脚步。他说：

"奇怪，这是哪辆火车，那司机我怎么不认识？"说完，一路再没开口。

我的整个身子都在战栗，这话自然是对我说的，是为了我的缘故。我猜到这话的含意，料到了这欲来的恐惧，这陌生的一切和那些父亲茫然无知、更不能保护我的东西。世界和生活将如此地在我面前出现！它们与父亲当年所处的安乐平实的世界截然不同。啊，这不是真正的世界，不是真正的生活！但它们仍然在这无边的黑暗中冲撞、燃烧。

作者简介 ❖

伊瓦什凯维奇

（1894－1980）

波兰诗人、小说家、剧作家。他著有诗集《另外的生活》《奥林匹克颂》，中篇小说《圣女约安娜》，长篇小说《荣誉和赞扬》。

夜宿山中

　　静有静的不同，并非千篇一律。静的含义与和谐，都在于跟闹的对比之中。各种音响可能在寂静出现之前就存在，也可能在寂静出现之后才到来。当你夏天住在一个小镇，酷热使你长夜难眠的时候，你多么盼望瞬间的宁静！就在坎坷不平的街道送走最后一阵得得的马蹄声和迎来第一声辚辚的煤车声之间，也许有那么个短暂的片刻，你会如同坠入一个热烘烘的黑暗深渊之中。难以抗拒的失眠并没有离去，只有退到房中的一个角落窥伺着，只待那打破温馨的寂静的一声响动出现，便像带刺的蜜蜂一样飞扑过来。

　　再如火车到站后感到的寂静，当你走下车厢，踏上乡村小站的月台，当你坐进一辆轻便的马车，车轮转动，悠悠前进的时候，你便已体会到一种静谧。静在晚饭前的鱼香里，在洋槐树下的淅沥雨声中，在远去列车的余声里等待你。然而，只有当你走进一间华丽的卧室，置身于蒙面的家具、床上簇新的被褥和一般"客房"中常见的那种古旧相片之间，当你推开窗户，给这久置不用的房间放进一点新鲜空气的时候，芬芳馥郁、温情脉脉的宁静才来到你的身旁。傍晚时分，可以依稀听见某处马厩传来的轻微的声息，也许是马儿尥蹶子，偶然还可听见两三声狗吠。随着晚霞消退，天空拉上一重厚幕，这时，大地的宁静才笼罩了你，给你以最温存的爱抚。

然而，山中的静却是一种非人间的、超凡脱俗的静穆，它已经不是在笼罩你，而是在压迫你了。矗立的巉岩似乎是自开天辟地以来便已凝固，它无声无息地向你逼视，山峰上融雪冻成的冰柱，有的从石崖的裂隙间垂挂下来，宛如一只只因长久乞求而疲惫的手，白天还在潺潺流动的山溪，到了夜里似乎不胜惊吓，沉寂在坚硬的山石和无情的天宇之间。从崖壁的每个石罅里，从稀疏的草地上的每棵草茎里，冒出来的都是那样的一种寂静。深山幽谷，万籁无声。你会觉得是由于缺乏空气的缘故，才使得一切音响都失去了生命，如同在星际空间，在这死一般的静穆里，夕阳缓缓西下，犹如一个失去了光芒的红色大球，沿着地平线滚去，隐没到隔山的谷地里，山间各种灰色的多面体顷刻之间染上了一层玫瑰色，宛如盖上了一层新苔，同腐烂的绿色地衣交织成一幅被剥夺了生命的暗淡画面，适才还在你身边低吟浅唱的山溪也暗哑了。只有当你朝着一股小小的山泉俯下身去，耳朵贴近它幽黑的水面，才能勉强听到淙淙的水声，仿佛是从地底向误入深山的你发出的一串低语。

到你抬起身来，光线和山影之间的界线已经模糊了。我们决定留在山中夜宿。

随之，静也起了变化。空洞的静穆似乎逐渐有了某种充实的内容，只是一时还不能理解它的含义。我仿佛翻开了一本用原始文字写的智慧经书，明知它的内容肯定会打动我的心，甚至会使我笃信，但是，那古怪的文字却什么也不能说明。我只好默默把它放在一边，无精打采地去进行普通的夜宿准备。

不久，篝火便熊熊燃烧了起来，金黄色的火苗在悬垂的山峰的阴影里闪耀，虽说天空还算明亮，清澈如碧绿的玉石。我离开了篝火，离开了同伴，踏上随着山势逶迤宛转的野径，来到了一个高高的山隘。俯瞰下方，但见两边是两片寂静无声的尘地。一片洼地已经完全失去了生命的光彩，呈现着无色、无声的单调，我的视线只能在这里那里捕捉到一块比较突出的岩石的轮廓，一片混混沌沌，山朦胧、树朦胧、路更朦胧，像亘古长存的大海，淹没了那些较小的峰峦和丘陵。另一片洼地被一道山脊分为两半，仿佛是某位丹麦高手随意一笔涂成，看起来酷似表现派的木刻画。只有聚集在远方山口的灰蓝色的雾霭还能称之为色彩，其余的一切都只是寂静。

直到那天青石的颜色，那种略显暗淡的蓝青色弥漫了我头顶上方的穹隆，并向我脚下的深渊倾泻夜的灰青色粉末，寂静里才有了簌簌的声响。这声响，活像是翻阅书卷时发出来的一样。各种思绪纷至沓来，像一群苍蝇东飞西撞，竭力想从我的嘴里飞出。忧伤的回忆、甜蜜的柔情、陡然的兴奋、转眼的冷漠，甜酸苦涩，一应俱全。万般情愫有如山影，翩然而来，又翩然而去，只给我留下了深山寂静的姐妹——内心的寂静。这双重的寂静，像两个连环杯，盛满清冽的山泉和山中苔藓的芳香，把我里外浇遍。百感千思，绵绵往事，都离我远去，而我的灵魂则找到了一条通向宇宙灵魂的路。

我的灵魂发现了一条路，但还不曾沿着这条路走去，它还在犹豫。外部的寂静似乎更加稠浓，荡漾着、浮游着、飘荡的寂静不再使人感到压顶的窒息，它似乎在裹挟更大的范围，一步一步地笼盖了寰宇，每一步都拨动了一个和谐美妙的天籁的音响。静穆的弦越绷越紧，已经达到了最大的限度，随时都有可能被抻断。然而，它没有被抻断——繁星的网捕获了我的万般情愫之后，也带走了过量的寂静，一直带到了茫茫的穹宇，放进了那晶莹闪亮的蓝宝石的圆盘里。

我的心，被一只冰凉的手按摸过之后，又跳动了起来。我的灵魂已经迈进了宇宙的门槛。我闭上了眼睛，倾听着盘旋上升的寂静凌空飞去时发出的簌簌的响声，送走了寂静还能留下什么？

它没有腾空而去，只是变换了一种形态。此刻，它又像我的亲人——母亲、妻子那样，悠闲自在地向我走来，伏在我的背上、抚摸我的额头、亲吻我的眼睛、轻言细语地向我说了许多温情的话。

只是，我永远也理解不了这些柔声絮语，正如刹那前它以另一种形态向我作的关于宇宙无限、人生有限的训谕不能为我所理解一样。

如果说，前不久那些闪着熠熠光彩的话语还像一首叙事诗，那么现在就变成一个在暮色苍茫中讲的童话了。黄昏时刻的那种似水柔情早已使我厌倦，我渴望抖落裹在身上的这件灰蒙蒙的外衣，但是徒劳，儿时的回忆又悄悄地向我袭来，那般清晰、那般突出，成了被黑暗包围的一个亮圈。

我竭尽全身之力要扯断这团灰色的纱线，不能让它在这荒野孤寂的山隘用无所作为的善意缠住我，使我裹足不前。

于是，我采取了决定性的一步，冲出了把我同世界隔离的走廊，同时也感到，寂静如何由一个温柔的妈妈摇身一变，成了庄重、肃穆、伟大的母亲，独一无二的母亲。

片刻之前的神秘意境，突然一下豁然开朗——并无电闪雷鸣。从四面八方把我团团围住的朦胧灰色，不再成其为灰色，根本就说不上是什么颜色了。

从谷地升起的雾，化作一朵朵云彩，飘过模糊不清的峭壁，从离我不远的地方袅袅升向高空。"明天有雨"，我脑际闪过这几个字，同时又觉得，这几个字下盖着某种未曾表达、也永远无法表达出来的含义，一如藏而不露的贵重金属的矿脉。我跟这种隐含的含义，可真有着不解的缘分。

雨点也许会跟我一起降落到地上，因为随着我同寂静慢慢融合为一体，我也会变成露水、云雾、雨滴，变成石头、植物、蛇，变成数字、度量、容积，变成多维时空的交响诗。我会变成雨，飞向那有如肋骨一般兀立在谷地的松树，我会变成一滴水，随着那珠垂玉坠、喷金泼翠的飞瀑滔滔直泻谷底，带着骄阳的热气溅落在植物的幼芽上，溅落在青草的长舌上，我也能带着茫然的微笑死去，就像一滴露水常能做到的那样。

寂静一旦消逝，就会分化成上天的赋格曲的千百种声调，就像一首复杂的交响曲会分解成许多乐章和乐句。能识辨这错综复杂的旋律，是人生的大幸。我就是这样的一个幸运儿，我靠手指感受到的不是冷冰的岩石的轻轻一触，也不是飘忽的空气的气流，而是宇宙灵魂的颤抖。宇宙灵魂带着微弱而热切的簌簌声，进入了我那正希冀着它的空虚的灵魂，就如空气进入了橡皮轮月台。

宇宙灵魂飨我以玉液琼浆，它恰似深山的空气一样甘美、清醇，它已将我灌饱，滋润着我全身的每一个细胞。于是，寂静便不再是存在于我身外，存在于我周围，既不像一只驯服的狗向我摇尾乞怜，也不像一位美貌仙女因畏我而退避三舍，而是充满了我全身。于是，我便成了一座黄昏时分支撑在冰凉的圆柱上的上帝的空教堂。我觉得自己是个巨人，遮盖我心灵上那盏长明灯的薄纱缓缓揭开了，飞去了。我这个教堂里填满了高及云际的沉默的冰，充满了万物沉默的歌声，唯有隐藏着最深、最秘密的那扇大门，轻轻地吱呀一声敞开了。

在我的教堂里，在圆顶下面，聚集了一群欢乐天使，宛如通体透明的小精灵，人的心脏的每一次跳动，都是对上帝的沉默的一次打击，也是对肉体安全的一种威胁，因此，它每时每刻都在停顿着、收缩着，当它碰到露水沾湿的石头，它就会像慑于夜色的山溪那样，几乎完全沉寂下来。倘若你愿把耳朵贴在我的胸口，也许能听到它还在跳动，但它已近于停息。

马铃薯已经烤熟了——有人在喊我。这时才出现真正的洪亮的声响，有如雪崩时发出的轰鸣，受惊的寂静这才逃之夭夭。

作者简介 ❖

伍里采维奇

（1840－1916）

南斯拉夫著名的散文作家。《黎明·时间》是他散文的代表作之一。

**黎明·时间**

黎明

黎明是光之喷泉的顶端，是希望和爱。黎明时，大自然醒来了，一切有生之物也都从睡梦中醒来，得到加强，好像重新组合过似的。黑夜把露珠抛撒在黎明的路上，黎明时花儿舒展开来，太阳会发现每一件事物都装饰一新。黑夜的沉默被打破了，出现了欢欣的协调。鸟儿快乐地歌唱着，凉风飒飒地穿过稠密的林子，欢愉的精神笼罩着山峦和峡谷，微风抚慰着安静的大海。塞尔维亚母亲，唤醒你的孩子们吧，这样他们就能看见黎明，领受她第一缕光线的亲吻。

黎明时我凝视着大自然，一种清新的活力似乎充溢于高山、丘陵、树林和田野。我观察着各种各样的美，当我注视着它们的时候，我的心胸怡然自得。当我在清晨早早起来，黎明用她的光辉照亮我、亲吻我，我感到我变得更好了、更有精神了。那厌倦的、悲哀的和病了的，都在渴望着呼唤着黎明。痛苦和沮丧是黑夜给予那些受苦的人的。塞尔维亚母亲，唤醒你的孩子们吧，这样他们就能看见黎明，领受她第一缕光线的亲吻。

黎明时，心灵能够领会永恒的神圣的真理。黎明时，那如此明智地构造世界的力量，使我们看起来更加辉煌，听起来更为悦耳。它照亮了星辰，牵引着大海。黎明时，知觉更为活跃，能更好领悟全能的力量的意义，它把它的精神注入万物，使之能够呼吸到它那无所不在的精神。塞尔维亚母亲，唤醒你的孩子们吧，这样他们就能看见黎明，领受她第一缕光线的亲吻。

黎明时是学习、思索和祈祷的最好时光，这时神智清明，心儿更为炽热和敏感，身体变得更为轻捷，灵魂更为安详自在，高高地向上飞翔。在夜晚，人们受卑劣的情欲支配而沉陷于泥沼，而在清晨，纯洁的爱使他们变得高尚，升入天堂。塞尔维亚母亲，唤醒你的孩子们吧，这样他们就能看见黎明，领受她第一缕光线的亲吻。

时间

我从母亲那儿学会如何工作，并憎恶懒惰。她常说："时间就是永恒……人们荒废时间就是荒废永恒。"她还常说：

"在这世界上没有什么美好的东西，也许时间就是我们拥有的唯一美好的东西，让我们别荒废它吧……谁能知道明天会发生什么事呢。"

时间！然而，这个词意味着什么？我们诞生、我们活着、我们死去，并且认为这一切都是按时发生的，仿佛时间是某种巨大、崇高、宽广和深邃的东西，仿佛它是一个无边无际的天体，包容着一切发光的世界，包含着生命和死亡，而这个地球像是蓝色的大海，无数的鱼在其中相聚相依，同泳同游。我们把已经做过的一切叫做过去，把正在做的一切叫做现在，而我们将要或试图去做的一切则称之为未来。而所有这一切都在我们身内，不在我们身外。过去了的存贮在我们的记忆中，现在正吸引着我们的注意力，而将要来的则包容在我们的希望和期待之中。

我们总是在期待着什么，我们的生命就是在期待中耗费掉了，我要说，生命本身就是一种期待。我们认为某个时刻将会到来，而且一定会到来，那时我们的期待将会实现。在某种情况下，满足和实现我们的希望似乎依赖于时间，在另一些情况下，我们坚定地相信并且确认，时间依赖于我们，而我们并不能使它缩短或延长。

我们把时间分为时代、世纪、年代，并给这些虚构的划分取上名字，把它们看做是某种真实的存在于它们自身之内并独立于我们的意识之外的某种东西。我们相信我们真正量度了时间，而实际上在我们的意识之外并不存在什么东西，在我们的书籍之外也不存在什么东西，在书中我们写下了我们的思想、我们的谬见和我们的空虚的言词。时间在其自身中什么也不是，它不是实在，不是实体，而是人的思想、观念，书中的一个词，石头上的一道刻痕。

亲爱的死去的母亲，当你说："时间就是永恒……人们荒废时间就是荒废永恒"，或许你说出的是一个巨大的真理，或许你的朴素的思想（并非自觉自愿）所要达到的不是哲学家，而是父亲！一个人在他的民族中是个伟人，在上帝面前也是正直的，他也许会这样祈祷："教我们计算我们的日子吧，这样我们就有可能使我们心灵专注于寻求智慧。"

我注意到在天才和头脑简单的人之间有某种相似之处，他们都能够显示真理，前者通过理性的力量得到它，后者则通过他们的心和爱，庸人并不是真正的人。

作者简介 ◆

梭罗

(1817 – 1862)

美国作家、哲学家，超验主义运动的重要代表人物。代表作有《在康科德与梅里马克河上一周》和《瓦尔登湖》。

冬天的禽兽

等到湖水冻成结实的冰，不但跑到许多地点去都有了新的道路、更短的捷径，而且还可以站在冰上看那些熟悉的风景。当我经过积雪以后的弗灵特湖的时候，虽然我在上面划过桨、溜过冰，它却出人意料地变得大了，而且很奇怪，它使我老是想着巴芬湾。在我周围，林肯的群山矗立在一个茫茫雪原的四极，我以前仿佛并未到过这个平原，在冰上看不清楚的远处，渔夫带了他们的狼犬慢慢地移动，好像是猎海狗的人或爱斯基摩人那样，或者在雾蒙蒙的天气里，如同传说中的生物隐隐约约地出现，我不知道他们究竟是人还是侏儒。晚间，我到林肯去听演讲总是走这一条路的，所以没有走任何一条介乎我的木屋与讲演室之间的道路，也不经过任何一座屋子。途中经过鹅湖，那里是麝鼠居处之地，它们的住宅矗立在冰上，但我经过时没有看到过一只麝鼠在外。瓦尔登湖，像另外几个湖一样，常常是不积雪的，至多积了一层薄薄的雪，不久也便给吹散了，它便是我的庭院，我可以在那里自由地散步，此外的地方这时候积雪却总有将近两英尺深，村中居民都给封锁在他们的街道里。远离着村中的街道，很难得听到雪车上的铃声，我时常闪闪跌跌地走着，或滑着，溜着，好像在一个踏平了的鹿苑中，上面挂着橡木和庄严的松树，不是给积雪压得弯倒，便是倒挂着许多的冰柱。

在冬天夜里，白天也往往是这样，我听到的声音是从很远的地方传来的绝望而旋律优美的枭噑，这仿佛是用合适的拨子弹拨时，这冰冻的大地发出来的声音，正是瓦尔登森林的地方语言，后来我很熟悉它了，虽然从没有看到过那只枭在歌唱时的样子。冬夜，我推开了门，很少不听到它的"胡，胡，胡雷，胡"的叫声，响亮极了，尤其头上三个音似乎是"你好"的发音，有时它也只简单地"胡，胡"地叫。

有一个初冬的晚上，湖水还没有全冻，大约九点钟，一只飞鹅的大声鸣叫吓了我一跳，我走到门口，又听到它们的翅膀拍打声，像林中一个风暴，它们低低地飞过了我的屋子。它们经过了湖，飞向美港，好像怕我的灯光，它们的指挥官用规律化的节奏叫个不停。突然间，我不会弄错的，是一只猫头鹰，跟我近极了，发出了最沙哑而发抖的声音，在森林中是从来听不到的，它在每隔一定间歇回答那飞鹅的鸣叫，好像它要侮辱那些来自赫德森湾的闯入者，它发出了音量更大、音域更宽的地方土话的声音来，"胡，胡"地要把它们逐出康科德的领空。在这样的只属于我的夜晚中，你要惊动整个堡垒，为的是什么呢？你以为在夜里这个时候，我在睡觉，你以为我没有你那样的肺和喉音吗？"波—胡，波—胡，波—胡！"我从来没有听见过这样叫人发抖的不谐和音。然而，如果你有一个审音的耳朵，其中却又有一种和谐的因素，在这一带原野上可以说是从没有看见过，也从没有听到过的。

我还听到湖上的冰块的咳嗽声，湖是康科德这个地方和我同床共寝的那个大家伙，好像他在床上不耐烦，要想翻一个身，有一些肠胃气胀，而且做了噩梦。有时我听到严寒把地面冻裂的声音，犹如有人赶了一队驴马撞到我的门上来，到了早晨我就发现了一道裂痕，阔三分之一英寸，长四分之一英里。

有时我听到狐狸爬过积雪，在月夜，寻觅鹧鸪或其他的飞禽，像森林中的恶犬一样，刺耳地恶鬼似的吠叫，好像它有点心焦如焚，又好像它要表达一些什么，要挣扎着寻求光明，要变成狗，自由地在街上奔跑，因为如果我们把年代估计在内，难道禽兽不是跟人类一样，也发展了一种文明的吗？我觉得它们像原始人，穴居的人，时时警戒着，等待着它们的变形。有时候，一只狐狸被我的灯光吸引住，走近了我的窗子，吠叫似的向我发出一声狐狸的诅咒，然后急速退走。

通常总是赤松鼠在黎明中把我叫醒的，它在屋脊上奔窜，又在屋子的四侧攀上爬下，好像它们出森林来，就为了这个目的。冬天里，我抛出了大约有半蒲式耳的都是没有熟的玉米穗，抛在门口的积雪之上，然后观察那些给勾引来的各种动物的姿态，这使我发生极大兴趣。黄昏与黑夜中，兔子经常跑来，饱餐一顿。整天里，赤松鼠来来去去，它们的灵活尤其愉悦了我。有一只赤松鼠开始谨慎地穿过矮橡树丛，跑跑停停地在雪地奔驰，像一张叶子给风的溜溜地吹了过来。一忽儿它向这个方向跑了几步，速度惊人，精力也消耗得过了分，它用"跑步"的姿态急跑，快得不可想象，似乎它是来作孤注一掷的，一忽儿它向那个方向也跑那么几步，但每一次总不超出半杆之遥，于是突然间做了一个滑稽的表情停了步，无缘无故地翻一个跟斗，仿佛全宇宙的眼睛都在看着它，——因为一只松鼠的行动，即使在森林最深最寂寞的地方，也好像舞女一样，似乎总是有观众在场的，——它在拖宕，兜圈子中，浪费了更多的时间，如果直线进行，早毕全程，——我却从没有看见过一只松鼠能泰然步行过，——然后，突然，刹那之间，它已经在一个小苍松的顶上，开足了它的发条，责骂一切假想中的观众，又像是在独白，同时又像是在向全宇宙说话，——我丝毫猜不出这是什么理由，我想，它自己也未必说得出理由来。最后，它终于到了玉米旁，拣定一个玉米穗，还是用那不规则三角形的路线跳来跳去，跳到了我窗前堆起的那一堆木料的最高峰上，在那里它从正面看着我，而且一坐就是几个小时，时不时地找来新的玉米穗，起先它贪食着，把半裸的穗轴抛掉；后来它变得更加精灵了，拿了它的食物来玩耍，只吃一粒粒的玉米，而它用一只前掌擎起的玉米穗忽然不小心掉到地上了，它便做出一副不肯定的滑稽的表情来，低头看着玉米穗，好像在怀疑那玉米穗是否是活的，决不定要去拣起来呢，还是该另外去拿一个过来，或者干脆走开，它一忽儿想看玉米穗，一忽儿又听听风里有什么声音。就是这样，这个唐突的家伙一个上午就糟蹋了好些玉米穗。直到最后，它攫起了最长最大的一只，比它自己还大得多，很灵巧地背了就走，回森林去，好像一只老虎背了一只水牛，却还是弯弯曲曲地走，走走又停停，辛辛苦苦前进，好像那玉米穗太重，老是掉落，它让玉米穗处在介乎垂直线与地平线之间的对角线状态，决心要把它拿到目的地去，——一个少见的这样轻佻而三心二意的家伙，——这样它把玉米穗拉到它住的地方，也许是四五十杆之外的一棵松树的顶上去了，事后我总可以看见，那穗轴被乱掷在森林各处。

最后桩鸟来了，它们的不协和的声音早就听见过，当时它们在八分之一英里以外谨慎地飞近，偷偷摸摸地从一棵树飞到另一棵树，越来越近，沿途捡起了些松鼠掉下来的玉米粒。然后，它们坐在一棵苍松的枝头，想很快吞下那粒玉米，可是玉米太大，梗在喉头，呼吸都给塞住了，费尽力气又把它吐了出来，用它们的嘴喙啄个不休，企图啄破它，显然这是一群窃贼，我不很尊敬它们，倒是那些松鼠，开头虽有点羞答答，过后就像拿自己的东西一样老实不客气地干起来了。

同时飞来了成群的山雀，捡起了松鼠掉下来的屑粒，飞到最近的丫枝上，用爪子按住屑粒，就用小嘴喙啄，好像这些是树皮中的一只只小虫子，一直啄到屑粒小得可以让它们的细喉咙咽下去。一小群这种山雀每天都到我的一堆木料中来大吃一顿，或者吃我门前那些屑粒，发出微弱迅疾的咬舌儿的叫声，就像草丛间冰柱的声音，要不然，生气勃勃地"代，代，代"地呼号了，尤其难得的是在春天似的日子里，它们从林侧发出了颇有夏意的"菲—比"的琴弦似的声音。它们跟我混得熟了，最后有一只山雀飞到我臂下挟着进屋去的木柴上，毫不恐惧地啄着细枝。有一次，我在村中园子里锄地，一只麻雀飞来停落到我肩上，待了一忽儿，当时我觉得，佩戴任何的肩章，都比不上我这一次光荣。后来松鼠也跟我很熟了，偶然抄近路时，也从我的脚背上踩过去。

在大地还没有全部给雪花覆盖的时候，以及在冬天快要过去，朝南的山坡和我的柴堆上的积雪开始溶化的时候，无论早晨或黄昏，鹧鸪都要从林中飞来觅食。无论你在林中走哪一边，总有鹧鸪急拍翅膀飞去，震落了枯叶和丫枝上的雪花，雪花在阳光下飘落的时候，像金光闪闪的灰尘；原来这一种勇敢的鸟不怕冬天。它们常常给积雪遮蔽了起来，据说，"有时它们振翅飞入柔软的雪中，能躲藏到一两天之久。"当它们在黄昏中飞出了林子，到野苹果树上来吃蓓蕾的时候，我常常在旷野里惊动它们。每天黄昏，它们总是飞到它们经常停落的树上，而狡猾的猎者正在那儿守候它们，那时远处紧靠林子的那些果园里就要有不小的骚动了。无论如何，我很高兴的是鹧鸪总能找到食物。它们依赖着蓓蕾和饮水为生，它们是大自然自己的鸟。

在黑暗的冬天早晨，或短促的冬天的下午，有时候我听到大群猎狗的吠声，整个森林全是它们的号叫，它们抑制不住要追猎的本能，同时我听到间歇的猎角，知道它们后面还有人。森林又响彻了它们的叫声，可是没有狐狸奔到湖边开阔的平地上来，也没有一群追逐者在追他们的阿克梯翁。也许在黄昏时分，我看到猎者，只有一根毛茸茸的狐狸尾巴拖在雪车后面作为战利品而回来，找他们的旅馆过夜。他们指点我说，如果狐狸躲在冰冻的地下，它一定可以安然无恙，或者，如果它逃跑时是一直线的，没有一只猎犬追得上它，可是，一旦把追逐者远远抛在后面，它便停下来休息，并且倾听着，直到它们又追了上来，等它再奔跑的时候，它兜了一个圈子，回到原来的老窝，猎者却正在那里等着它。有时，它在墙顶上奔驰了几杆之遥，然后跳到墙的另一面，它似乎知道水不沾染它的臊气。一个猎者曾告诉我，一次他看见一只狐狸给猎犬追赶得逃到了瓦尔登湖上，那时冰上浮了一泓泓浅水，它跑了一段又回到原来的岸上。不久，猎犬来到了，可是到了这里，它们的嗅觉嗅不到狐臭了。有时，一大群猎犬自己追逐自己，来到我屋前，经过了门，绕着屋子兜圈子，一点不理睬我，只顾嗥叫，好像害着某一种疯狂症，什么也不能制止它们的追逐，它们就这样绕着圈子追逐着直到它们发觉了一股新近的狐臭，聪明的猎犬总是不顾一切的，只管追逐狐狸。有一天，有人从列克星敦到了我的木屋，打听他的猎犬，它自己追逐了很长一段路，已经有一个星期了。

可是，把我所知道的告诉了他以后，恐怕他未必会得到好处，因为每一次我刚想回答他的问题，他都打断了我的话，另外问我："你在这里干什么呢？"他丢掉了一只狗，却找到了一个人。

有一个老猎户，说起话来枯燥无味，常到瓦尔登湖来洗澡，每年一回，总在湖水最温暖的时候到来，他还来看我，告诉过我，好几年前的某一个下午，他带了一支猎枪，巡行在瓦尔登林中，正当他走在威兰路上时，他听到一只猎犬追上来的声音，不久，一只狐狸跳过了墙，到了路上，又快得像思想一样，跳过了另一堵墙，离开了路，他迅即发射的子弹却没有打中它。在若干距离的后面，来了一条老猎犬和它的三只小猎犬，全速地追赶着，自动地追赶着，一忽儿已消失在森林中了。这天下午，很晚了，他在瓦尔登南面的密林中休息，他听到远远在美港那个方向，猎犬的声音还在追逐狐狸，它们逼近来了，它们的吠声使整个森林震动，更近了，更近了，现在在威尔草地，现在在倍克田庄。他静静地站着，长久地，听着它们的音乐之声，在猎者的耳朵中这是如此之甜蜜的，那时突然间狐狸出现了，轻快地穿过了林间的走廊，它的声音被树叶的同情的飒飒声掩盖了，它又快、又安详，把握住地势，把追踪者抛在老远的后面。于是，跳上林中的一块岩石，笔直地坐着，听着，它的背朝着猎者。片刻之间，恻隐之心限制了猎者的手臂，然而这是一种短命的感情，快得像思想一样，他的火器瞄准了，砰——狐狸从岩石上滚了下来，躺在地上死了。猎者还站在老地方，听着猎犬的吠声。它们还在追逐现在附近森林中的所有的小径上全部都是它们的恶魔似的号叫。最后，那老猎犬跳入眼帘，鼻子嗅着地，像中了魔似的吠叫得空气都震动了，一直朝岩石奔去，可是，看到那死去了的狐狸，它突然停止了吠叫，仿佛给惊愕征服，哑口无言，它绕着，绕着，它静静地走动，它的小狗一个又一个地来到了，像它们的母亲一样，也清醒了过来，在这神秘的气氛中静静地不做声了。于是猎者走到它们中间，神秘的谜解开了。他剥下了狐狸皮，它们静静地等着，后来，它们跟在狐狸尾巴后面走了一阵，最后拐入林中自去了。这晚上，一个魏士登的绅士找到这康科德的猎者的小屋，探听他的猎犬，还告诉他说，它们自己这样追逐着，离开了魏士登的森林已经一个星期。康科德的猎者就把自己知道的详情告诉他，并把狐狸皮送给他，后者辞受，自行离去。这晚上他找不到他的猎犬，可是第二天他知道了，它们已过了河，在一个农家过了一夜，在那里饱餐了一顿，一清早就动身回家了。

把这话告诉我的猎者还能记得一个名叫山姆·纳丁的人，他常常在美港的岩层上猎熊，然后把熊皮拿回来，到康科德的村子里换朗姆酒喝。那个人曾经告诉他，他甚至于看见过一只麋鹿。纳丁有一只著名的猎狐犬，名叫布尔戈因，——他却把它念作布经，——告诉我这段话的人常常向他借用这条狗。这个乡镇中，有一个老年的生意人，他又是队长、市镇会计兼代表，我在他的"日记账簿"中，看到了这样的记录。1742 年至 1743 年，一月十八日，"约翰·梅尔文，贷方，一只灰色的狐狸，二角三分"，现在这里却没有这种事了，在他的总账中，1743 年，二月七日，赫齐吉阿·斯特拉登贷款"半张猫皮，一角四分半"，这当然是山猫皮，因为从前法兰西之战的时候，斯特拉登做过军曹，当然不会拿比山猫还不如的东西来贷款的。当时也有以鹿皮来换取贷款的，每天都有鹿皮卖出。有一个人还保存着附近这一带最后杀死的一只鹿的鹿角。另外一个人还告诉过我，他的伯父参加过的一次狩猎的情形。从前这里的猎户人数既多，而且都很愉快。我还记得一个消瘦的宁录呢，他随手在路边抓到一张叶子，就能在上面吹奏出一个旋律来，如果我没记错的话，似乎比任何猎号声都更野，更动听。

在有月亮的午夜，有时候我在路上碰到了许多的猎犬，它们奔窜在树林中，从我面前的路上躲开，好像很怕我而静静地站在灌木丛中，直到我走过了再出来。

松鼠和野鼠为了我储藏的坚果而争吵开了。在我的屋子四周有二三十棵苍松，直径一英寸到四英寸，前一个冬天给老鼠啃过，——对它们来说，那是一个挪威式的冬天，雪长久地积着，积得太深了，它们不得不动用松树皮来补救它们的粮食短绌。这些树还是活了下来，在夏天里显然还很茂郁，虽然它们的树皮全都给环切了一匝，却有许多树长高了一英尺；可是又过了一个冬天，它们无例外地全都死去了。奇怪得很，小小的老鼠竟然吃下整个一株树，它们不是上上下下，而是环绕着它来吃的。可是，要使这森林稀疏起来，这也许还是必要的，它们常常长得太浓密了。

野兔子是很常见的，整个冬天，它的身体常活动在我的屋子下面，只有地板隔开了我们，每天早晨，当我开始动弹的时候，它便急促地逃开，惊醒我，——砰，砰砰，它在匆忙之中，脑袋撞在地板上了。

黄昏中，它们常常绕到我的门口来，吃我扔掉的土豆皮，它们和土地的颜色是这样的相似，当静着不动的时候，你几乎辨别不出来。有时在黄昏中，我一忽儿看不见了，一忽儿又看见了那一动不动呆坐在我窗下的野兔子。黄昏时要是我推开了门，它们吱吱地叫，一跃而去。靠近了看它们，只有叫我可怜。有一个晚上，有一只坐在我门口，离我只有两步，起先怕得发抖，可是还不肯跑开，可怜的小东西，瘦得骨头都突出来了，破耳朵、尖鼻子、光尾巴、细脚爪。看起来，仿佛大自然已经没有比它更高贵的品种，只有这样的小东西了。它的大眼睛显得很年轻，可是不健康，几乎像生了水肿病似的。我跨上一步，瞧，它弹力很足地一跃而起，奔过了雪地，温文尔雅地伸直了它的身子和四肢，立刻把森林搬到我和它的中间来了，——这野性的自由的肌肉却又说明了大自然的精力和尊严。它的消瘦并不是没有理由的，这便是它的天性。

要没有兔子和鹧鸪，一个田野还成什么田野呢？它们是最简单的土生土长的动物，古时候，跟现在一样，就有了这类古老而可敬的动物，与大自然同色彩、同性质，和树叶，和土地是最亲密的联盟，——彼此之间也是联盟，既不是靠翅膀的飞禽，又不是靠脚的走兽。看到兔子和鹧鸪跑掉的时候，你不觉得它们是禽兽，它们是大自然的一部分，仿佛飒飒的树叶一样。不管发生怎么样的革命，兔子和鹧鸪一定可以永存，像土生土长的人一样。如果森林被砍伐了，矮枝和嫩叶还可以藏起它们，它们还会更加繁殖呢。不能维持一只兔子的生活的田野一定是贫瘠无比的。我们的森林对于它们两者都很适宜，在每一个沼泽的周围都可以看到兔子和鹧鸪在步行。而牧童们在它们周围布置了细枝的篱笆和马鬃的陷阱。

秋天的日落

最近十一月的一天，我们目睹了一个极其美丽的日落。当我像平时一样漫步于一道小溪发源处的草地之上，那高空的太阳，终于在一个凄苦的寒天之后、暮夕之前，突于天际骤放澄明。这时但见远方天幕下的衰草残茎，山边的树叶橡丛，登时浸在一片柔美而耀眼的绮照之中，而我们自己的身影也长长地伸向草地的东方，仿佛是那缕斜晖中仅有的点点微尘。周围的风物是那么妍美，一晌之前还是难以想象，空气也是那么和暖纯净，一时这普通草原实在无异于天上景象。但是这眼前之景难道一定是亘古以来不曾有过的特殊奇观？说不定自有天日以来，每个暮夕便都是如此，因而连跑动在这里的幼小孩童也会觉得自在欣悦。想到这些，这幅景象也就益发显得壮丽起来。

此刻那落日的余晕正以它全部的灿烂与辉煌，也不分城市还是乡村，甚至以往日少见的艳丽，尽情斜映在这一带境远地僻的草地之上；这里没有一间房舍——茫茫之中只瞥见一头孤零零的沼鹰，背羽上染尽了金黄，一只麝香鼠正探头穴处，另外在沼泽之间望见了一股水色黝黑的小溪，蜿蜒曲折，绕行于一堆残株败根之旁。我们漫步于其中的光照，是这样的纯美与熠耀，满目衰草树叶，一片金黄，晃晃之中又是这般柔和恬静，没有一丝涟漪，一息呜咽。我想我从来不曾沐浴过这么幽美的金色光波。西望林薮丘岗之际，彩焕烂然，恍若仙境边陲一般，而我们背后的秋阳，仿佛一个慈祥的牧人，正趁薄暮时分，赶送我们归去。我们在踯躅于圣地的历程当中也是这样。总有一天，太阳的光辉会照耀得更加妍丽，会照射进我们的心扉灵府之中，会使我们的生涯洒满了更大彻悟的奇妙光照，其温煦、恬淡与金光熠耀，恰似一个秋日的岸边那样。

作者简介 ◆

马克·吐温

（1835 - 1910）

美国的幽默大师、小说家、作家、著名演说家。其主要作品有《百万英镑》、《汤姆．索亚历险记》、《竞选州长》、《哈克贝里·费恩历险记》、《败坏了哈德莱堡的人》、《神秘来客》等。

生命的五种恩赐

一

在生命的黎明时分，一位仁慈的仙女带着她的篮子跑来，对他说："这些都是礼物，挑一样吧，把其余的留下。小心些，作出明智的抉择！因为，这些礼物当中只有一样是宝贵的。"

礼物有五种：名望，爱情，财富，欢乐，死亡。少年人迫不及待地说："无需考虑了。"他挑了欢乐。

他踏进社会，寻欢作乐，沉湎其中。可是，每一次欢乐到头来都是短暂、沮丧、虚妄的。它们在行将消逝时都嘲笑他。最后，他说："这些年我都白过了。假如我能重新挑选，我一定会作出明智的抉择。"

二

仙女出现了，说："还剩四样礼物。再挑一次吧；哦，记住——光阴似箭。这些礼物当中只有一样是宝贵的。"

这个男人沉思良久，然后挑选了爱情。他没有觉察到仙女的眼里涌出了泪花。

好多好多年以后，这个男人坐在一间空屋里守着一口棺材。他喃喃自忖道：

"她们一个个抛下我走了。如今，她——最亲密的，最后一个——躺在这儿了。一阵阵孤寂朝我袭来。为了那个滑头商人——爱情——卖给我的每小时欢娱，我付出了一个小时的悲伤。我从心底里诅咒它呀。"

三

"重新挑吧，"仙女道，"岁月无疑把你教聪明了。还剩三样礼物。记住——它们当中只有一样是有价值的，小心选择。"

这个男人沉吟良久，然后挑了名望。仙女叹了口气，扬长而去。

好些年过去后，仙女又回来了。她站在那个在暮色中独坐冥想的男人身后。她明白他的心思：

"我名扬全球，有口皆碑。对我来说，虽有一时之喜，但毕竟转瞬即逝！接踵而来的是嫉妒，诽谤，中伤，嫉恨，迫害。然后便是嘲笑，这是收场的开端，一切的末了，则是怜悯，它是名望的葬礼。哦，出名的辛酸的悲伤啊！声名卓著时遭人唾骂，声名狼藉时受人轻蔑和怜悯。"

四

"再挑吧。"这是仙女的声音，"还剩两样礼物。别绝望。从一开始起，便只有一样东西是宝贵的。它还在这儿呢。"

"财富——即是权力！我真是瞎了眼呀！"那个男人说道，"现在，生命终于变得有价值了。我要挥金如土，大肆炫耀。那些惯于嘲笑和蔑视我的人将匍匐在我脚前的污泥中。我要用他们的嫉妒来喂饱我饥饿的心灵。我要享受一切奢华，一切快乐，以及精神上的一切陶醉，肉体上的一切满足。这个肉体人们都视为珍宝。我要买，买！遵从，崇敬——一个庸碌的人间商场所能提供的人生种种虚荣享受。我已经失去了许多时间，在这之前，都做了糊涂的选择。那时我懵然无知，尽挑那些貌似最好的东西。"

短暂的三年过去了。一天，那个男人在一间简陋的顶楼里瑟瑟直抖。他憔悴，苍白，双眼凹陷，衣衫褴褛。他一边咬嚼一块干面包皮，一边嘀咕道：

"为了那种种卑劣的事端和镀金的谎言，我要诅咒人间的一切礼物，以及一切徒有虚名的东西！它们不是礼物，只是些暂借的东西罢了。欢乐、爱情、名望、财富，都只是些暂时的伪装。它们永恒的真相是——痛苦，悲伤，羞辱，贫穷。仙女说得对，她的礼物之中只有一样是宝贵的，只有一样是有价值的。现在我知道，这些东西跟那无价之宝相比是多么可怜卑贱啊！那珍贵、甜蜜、仁厚的礼物呀！沉浸在无梦的永久酣睡之中，折磨肉体的痛苦和咬啮心灵的羞辱、悲伤，便一了百了。给我吧！我倦了，我要安息。"

五

仙女来了，又带来了四样礼物，独缺死亡。她说：

"我把它给了一个母亲的爱儿——一个小孩子。他虽懵然无知，却信任我，求我代他挑选。你没要求我替你选择啊。"

"哦，我真惨啊！那么留给我的是什么呢？"

"你只配遭受垂垂暮年的反复无常的侮辱。"

作者简介 ◆

德莱塞

（1871－1945）

美国小说家。其主要作品有长篇小说《嘉莉妹妹》、《珍妮姑娘》、《美国的悲剧》、《欲望三部曲》等。

我的梦中城市

它是沉默的，我的梦中城市，清冷的、静穆的，大概由于我实际上对于群众、贫穷及像灰砂一般刮过人生道途的那些缺憾的风波风暴都一无所知的缘故。这是一个可惊可愕的城市，这么的大气魄、这么的美丽、这么的死寂。有跨过高空的铁轨，有像峡谷的街道，有大规模升上壮伟广市的楼梯，有下通深处的踏道，而那里所有的，却奇怪得很，是下界的沉默。又有公园、花卉、河流，而过了二十年之后，它竟然在这里了，和我的梦差不多一般可惊可愕，只不过当我醒时，它是罩在生活的骚动底下的。它具有角逐、梦想、热情、欢乐、恐怖、失望等等的哗鸣。通过它的道路、峡谷、广场、地道，是奔跑着、沸腾着、闪烁着、朦胧着，一大堆的存在，都是我的梦中城市从来不知道的。

关于纽约，——其实也可说关于任何大城市，不过说纽约更加确切，因为它曾经是而且仍旧是大到这么与众不同的，——在从前也如在现在，那使我感到兴味的东西，就是它显示于迟钝和乖巧、强壮和薄弱、富有和贫穷、聪明和愚昧之间的那种十分鲜明而同时又无限广泛的对照。这之中，大概数量和机会上的理由比任何别的理由都占得多些，因为别处地方的人类当然也并无两样。不过在这里，所得从中挑选的人类是这么的多，因而强壮的或那种根本支配着人的，是这么这么的强壮；而薄弱的是那么那么的薄弱——又那么那么的多。

我有一次看见一个可怜的、一半失了神的而且打皱得很厉害的小小缝衣妇，住在冷街上一所分租房子厅堂角落的夹板房里，用着一个放在柜子上的火酒炉子在做饭。在那间房的四周，她有着充分空间可以大大地跨三步。

"我宁可住在纽约这种夹板房里，不情愿住乡下那种十五间房的屋子。"她有一次发过这样的议论，当时她那双可怜的没有颜色的小眼睛，包含着那么的光彩和活气，是我在她身上从来不曾看见过，也从来不再见到的。她有一种方法贴补她的缝纫的收入，就是替那些和她自己一般下等的人在纸牌、茶叶、咖啡渣之类里面望运气，告诉许多人说要有恋爱和财气了，其实这两项东西都是他们永远不会见到的。原来那个城市的色彩、声音和光耀，就只叫她见识见识，也就足够赔补她一切的不幸了。

而我自己也不曾感觉到过那种炫耀吗？现在不也还是感觉到吗？百老汇路，当四十二条街口，在这些始终如一的夜晚，城市是被从西部来的如云的游览闲人所拥挤。所有的店门都开着，差不多所有酒店的窗户都张得大大，让那种太没事干的过路人可以看望。这里就是这个大城市，而它是醉态的、梦态的。一个五月或是六月的月亮将要像擦亮的银盘一般高高挂在高墙间。一百乃至一千面电灯招牌将在那里眨眼。穿着夏衣戴着漂亮帽子的市民和游人的潮水，载着无穷货品震荡着去尽无足轻重的使命的街车，像嵌宝石的苍蝇一般飞来飞去的出租汽车和私人汽车。就是那凡士林也贡献了一寸特异的香气。生活在发泡、在闪耀，漂亮的言谈、散漫的材料，百老汇路就是这样的。

还有那五马路，那条歌唱的水晶的街，在一个有市面的下午，无论春夏秋冬，总是一般热闹。当正二三月间，春来欢迎你的时候，那条街的窗口都拥塞着精美无遮的薄绸以及各色各样缥缈玲珑的饰品，还再有什么能一样分明地报告你春的到来吗？十一月一开头，它便歌唱起棕榈机、新开港以及热带和暖海的大大小小的快乐。及到十二月，那么同是这条马路上又将皮货、地毯，跳舞和宴会的时装，陈列得多么傲慢，对你大喊着风雪快要来了，其实你那时从山上或海边回来还不到十天哩。你看见这么一幅图画，看见那些划开了上层的住宅，总以为全世界都是非常的繁荣、独立而快乐的了。然而，你倘使知道那个俗艳的社会的矮丛，那个介于成功的高树之间的徒然生长的乱莽和丛簇，你就觉得这些无边的巨厦里面并没有一桩社会的事件是完美而沉默的了。

我常常想到那庞大数量的下层人，那些除开自己的青春和志向之外再没东西推荐他们的男孩子和女孩子，日日时时将他们的面孔朝着纽约，侦察着那个城市能够给他们怎样的财富或名誉，不然就是未来的位置和舒适，再不然就是他们将可收获的无论什么。啊，他们的青春的眼睛是沉醉在它的希望里了！于是，我又想到全世界一切有力的和半有力的男男女女们，在纽约以外的什么地方勤劳着这样那样的工作——一爿店铺、一个矿场、一家银行、一种职业，——唯一的志向就是要去达到一个地位，可以靠他们的财富进入而留居纽约，支配着大众，而在他们认为是奢侈的里面奢侈着。

你就想想这里面的幻觉吧，真是深刻而动人的催眠术哩！强者和弱者，聪明人和愚蠢人，心的贪馋者和眼的贪馋者，都怎样的向那庞大的东西寻求忘忧草，寻求迷魂汤。我每次看见人似乎愿意拿出任何的代价——拿出那样的代价——去求一啜这口毒酒，总觉得十分惊奇。他们是展示着怎样一种刺人的颤抖的热心。怎样的，美愿意出卖它的花，德性出卖它的最后的残片，力量出卖它所能支配的范围里面一个几乎是高利贷的部分，名誉和权力出卖它们的尊严和存在，老年出卖它的疲乏的时间，以求获得这一切之中的不过一个小部分，以求赏一赏它的颤动的存在和它造成的图画。你几乎不能听见他们唱它的赞美歌吗？

作者简介 ◆

纳博科夫

（1899 – 1977）

美国小说家、诗人、文学批评家、翻译家、文体家。小说代表作有《洛丽塔》、《普宁》、《微暗的火》、《阿达》、《透明物体》等。

寄往俄罗斯的一封信

    我远隔关山的朋友，离别八年有余，可你仍往事历历在心，甚至还记得那个身着天蓝色仆役制服的白发苍苍的守夜人。在冷峭的彼得堡早晨，我们常常在尘埃未拂的、鼻烟壶般小巧的苏沃洛夫纪念馆相会，但他从不来打扰。我们在腊制近卫军塑像后面的接吻是多么地热切！后来，我们走出这古老的殿堂已经夕阳西斜，塔甫利切斯基花园沐浴在似火晚霞里，我们见一个士兵正按长官口令在那里操练。他一边呐喊，一边大步流星般踩着滑溜溜的薄冰，朝竖在途中的稻草人奔去。银光闪处，刺刀扎进了稻草人的肚子。你一定感到奇怪，我曾在上次信上向你许下诺言：再回忆，不再谈及过去，特别是小不点儿的琐事，因为我们身为作家，应该惜字如金。可我受你的影响，第一行便破例，又撩起旧日的情怀。不过，我的朋友，在此我并非想专叙往事。

    现在是夜晚，电灯、家具、墙上的画——夜间的静物都蜡封了似的，从墙外偶或传来排水管的呜咽，它像屋宇的吞泣。夜晚我出门散步，柏林湿漉漉的乌亮的沥青马路映出了街灯的光晕，罕褶处贮存了一汪汪水洼，消防箱上端亮着小灯，橘红色的，而那连片屋宇则为夜雾所笼罩，标志电车站名的玻璃牌却因里面亮着灯而蒙上一层鹅黄。夜班电车从我身边过去了，接着叮叮当当地在街角转弯。车厢空着，透过窗，可以见到灯光照耀下的一排排栗色座位，那个孤零零的、挎着黑皮包的售票员，跟跟跄跄醉汉似的，背对车行方向在夹道里穿行。此时此刻，我不知为什么既感喜悦，又感惆怅。

沿着静悄悄的昏暗马路漫步，我喜欢倾听夜归人的声息。他走在暗中，见不到他的面目，而你无论如何也没法猜到哪扇门扉将因他而复苏。钥匙投进它的锁孔，咿呀一声开了，然又啪的一声合上，又一次响起钥匙转动的声音，但这一次是在门后。透过门玻璃，可以见到柔和的灯光在过道深处倏地一闪。

公共汽车在电线杆上投下湿漉漉的光影，汽车车身则是黑黝黝的，窗口下方才露出一片淡黄。湿漉漉的声音响进耳管，车影在我脚下滑过。现在，街道已空落无人了，只有一只老狗，用它的脚爪敲打着人行道，快快地领着一位懒洋洋的美丽女郎散步。女郎支顶小伞，没戴帽子，当她在消防栓的橘红色电灯下走过时，黑伞忽地映上了被水稀释的淡红。

而在人行道转弯处——是那么出人意外！——影院院墙像镶嵌了一颗颗钻石似的一闪一亮。在它里面，月亮一般皎洁的银幕上你能看见一群训练有素的人向你走来，身影愈来愈大。出现一位女性的脸，很大很大的脸，连朱唇上的细纹都清晰可见。她眨着灰色的眼睛，一颗可爱的、甘油似的、圆滚滚亮晶晶的泪珠掉落到脸颊上。有时也会出现未经加工的写照（生活并不知道它被摄入镜头）：偶然的人群，晶莹的流水，无声胜似有声的树木。

过了影院，在广场一隅，一个卖笑女郎正在徘徊。她穿着黑毛皮大衣，显得有点儿臃肿。她在耀眼的商店橱窗前驻步，观赏里面的一尊腊制雕像：贵夫人打扮，浓妆艳抹，裹着碧绿的缎衫，桃红的长袜。无疑只有夜游人方对此注目。我饶有兴趣地看那个由巴宾堡来办事的年事不轻的胡子先生怎样接近这个同样年事不轻的胖姐儿，他快步越过她，却又两度回首睇视，于是她不慌不忙地领他去了销魂窟。那房子就在附近，里面有带家具的一个个空房。要是大白天，这幢房夹杂在同样不显眼的平常房舍之中，可不容易被发现。一个无动于衷但彬彬有礼的看门人整夜在门内的过道里守望，而上面，在五楼，一个同样无动于衷的老太婆会帮他们打开房门并安详地收下付给的宿资。

你知道电气列车在空架桥上呼啸而过时发出的巨大的响声吗？它遍体透亮，从所有的窗口飞出哈哈的笑声。它的行程可能不出市郊，但它通过时黑洞洞的桥孔刹那间充满庄严的铁的音乐，不由使我想起那些风和日丽的南国。如若我能弄到朝夕想往的一百马克，我便将一无顾忌地，毅然决然地去那地方。

我如此悠闲，甚或光顾当地的小酒吧，看人们怎样跳舞。在这里，许多人都胸怀愤懑并从愤懑中得到满足，指摘摩登风尚，包括一时流行的现代舞蹈。说这些时髦玩意儿只是庸才的发明，没水平、一窝蜂，等等。他们指摘、咒骂，实际上也就是承认庸才亦能有所创造（无论国家管理机制或新颖发式）。他们议论这、议论那，其实，我们这些似乎时髦的舞蹈并非别出心裁，执政内阁时期它早就存在。存在过黑人乐队，紧身衣曾一度成为妇女时尚。而时尚，经历许多世纪之后它往往残息犹存。上一世纪中叶盛行的钟式裙不就是吗？一段时期内又将其抛弃，代之以窄裙、贴面舞。总的说来，我们的舞蹈是朴素大方的，有时，比如说，在伦敦的舞会上，因这朴实无华而备受赞誉。你记得普希金是如何描写华尔兹舞的吗？"单调而又热烈"，现在仍能这么说。至于说什么世风日下……你可知道我从阿格里科拉的摘记读到了什各样的话？"我从未见过比当今的小步舞曲更下流的。"

是的，我喜欢在当地的小酒吧里看人们双双起舞，看那涂得可笑而又可爱的眼圈，看进进退退的一双双白的、黑的鞋尖，而门外是与我长相随的孤夜，湿漉漉的灯光，巴士的喇叭和高处的阵阵清风。

我的朋友，写这封信，或许只是为了告诉你，死，是那么的轻、那么的柔。至少柏林的夜晚是这样启示我的。

　　听着！我确实是幸福的，幸福本身就是一种挑战。我沿着大街、沿着广场、沿着河岸散步，忽然感觉到湿雾在舔我皮鞋的裂缝。我骄傲地怀着我这份不可名状的幸福。几百年后，中学生读我们的历史时将感到枯燥乏味。一切都将流逝，一切都将消逸，但我的幸福，亲爱的朋友，我的幸福将永远留驻，留在街灯的湿的光晕里，留在转弯处，留在黑暗的河码头上，留在双双起舞者的微笑里。留在一切之中，留在上帝慷慨赐予的人的孤独之中。

作者简介 ◆

何塞·多诺索

（1924－1996）

智利作家。他参与了魔幻现实主义文学运动，最出色的作品是《淫秽的夜鸟》。

童年的 "玩具国"

　　灰墙前的小吃摊点旁人头攒动，散发着难闻的气味。旧书店里则是一片宁静。喧闹的商号中，汗流浃背的工人们剪裁、熨烫着服装，熨斗下"噗噗"地冒着水汽。在第一个街区的尽头，低矮的房屋之间一条人行道逐渐展宽，夜幕降临时，这里是最热闹的地方。水果摊前围满了人，金黄的厚皮橙子，绿绿的苹果色泽光洁，就像镀了珐琅似的，它们在红蓝相间的霓虹灯下变幻着色彩。串街货郎不住地吆喝着，凑热闹的人们围在他身旁，一张张好奇的面孔也被闪烁的灯光映照得时明时暗。冬天里，人们用褪色的红头巾把头裹得严严实实的，只露出一双眼睛，带着自信、敏锐或是愤怒的神色。破旧的无轨电车，拖着沉重的机械声响，一辆接一辆地从狭窄的马路上驶过。对面楼房的阳台上，站着个粗壮的女人，她穿着花袍子，用力吹着火盆，微微燃起的火苗好似彗星的尾巴，不一会儿，炉火融融，女人出神的面庞被映照得清晰可见。

　　这虽然是条普普通通的小街，但多少年来，它曾那样吸引我，好似我生命的主宰。

　　小时候，我住的地方虽然离这儿不远，但那儿的景色却截然不同。见不到喧嚣的人群，满目皆是葱葱的椴木，形状怪异的孪生街灯。道路两旁的房屋对峙而立，似乎在另一个神秘的世界里严肃地交谈着。

一天下午，家里人怀疑女佣偷了餐具，卖给了小街上的一家当铺。妈妈想赎回来，我就陪她来到了小街。这是个冬天的傍晚，虽说刚下过雨，可屋顶上深褐色的浓云还零星掉着雨点。街面湿湿的，女人们的头发垂下来，打着条缕，贴着面颊。

不一会儿，天黑了。刚进街口，一辆电车急驶而来，我忙躲到妈妈身边。对面橱窗里展示着各种各样的音乐玩具，在椭圆形盒子里，一个金发洋娃娃微笑着。我要妈妈买，她理也不理，依旧赶路。我的眼睛睁得大大的，我不单想看看这些美丽精致的洋娃娃，还想抱过来摸一摸，亲一亲。街上行人如梭，人们拎着大大小小的口袋、篮子和各式各样诱人的商品。熙熙攘攘的人流中，一个扛着铺盖卷的工人碰掉了妈妈的帽子。她说："上帝啊，这好像是在'玩具国'。"

路面许多断裂的地方淤积着雨水，使人无处落脚。当我从一个小吃店前走过时，飘来的气味和妈妈的雨衣味混在一起十分奇特。我突然萌发了个念头，想把橱窗里展示的所有商品都买下来。妈妈听了吓了一跳，连忙说这些东西普通之极，而且又都是二手货。我盯着两侧的橱窗：上百只雕花花瓶中插满了五彩缤纷的玻璃花和小旗子，紫色、银白的"猫咪"储钱罐，盛满了五颜六色弹球儿的小瓶子，还有花花绿绿的明信片和陀螺。然而这条街上最诱惑我的却是一家安静整洁的小店，门帘贴着块招牌，写着"日本织补"。

我已不记得餐具的下落如何。但这条小街却在我的记忆中刻下了与众不同、神奇无比的印迹。对于童年的我来说，这里的一切都是那么的自由自在、新鲜神秘。在这之后，我的生活还是按部就班地继续着，但每天下午，我想"玩具国"都想出了神（"玩具国"是我给这条小街起的名字），当然，还有另外一个"玩具国"，那是《匹诺曹奇遇记》里的故事了。

世界散文精品集丛书

一个星期六的上午，我和妈妈闹别扭了，一赌气钻进书房，琢磨了半天墙上挂的城市地图。午后，爸妈都出门了，佣人们在院子里晒太阳，我撺掇小弟弗尔南多说：

"嘿，咱们去'玩具国'。"

他眼睛一亮，以为这次我们要和以前一样，在橘树下支起的梯子上玩耍，或是装扮成东方人打仗。

他说："爸妈不在家，我们可以把抽屉里的好东西先拿出来玩。"

"别这样，小傻瓜，"我说，"我们得赶到'玩具国'去。"

小弟穿着蓝色连衣裤和白凉鞋。我小心地牵着他的手，迎着太阳，朝梦中的"玩具国"走去。我一面走，一面照看着弟弟。幸好是周末的下午，车辆稀少，过马路时没出什么差错。终于我们到了小街的头一个街区。

"这儿就是。"我说。我觉得小弟紧贴着我的身子。记忆中的小街总是那么缤纷灿烂，就像那天看到的一样。然而此时我惊讶地发现，这里根本没有霓虹灯，不少商店也都关了门，路上没有一辆无轨电车驰过。我心里乱糟糟的。阳光暖融融地洒满街道、房屋，就像给它们涂上了一层光亮柔和的蜂蜜，寥寥无几的行人两手空空、慢吞吞地踱着步子。小弟问："为什么这地方叫'玩具国'？"我觉得空荡荡的，不知所措，眼看着当哥哥的威信扫地，却没有一点补救的办法，也许小弟再不会相信我了。

"咱们去日本织补店，"我说，"那里肯定有意思。"

这些话小弟也许不会信服，可他已经识字了，肯定能认得门上的招牌。果真，他隔着人行道，正确读出店名。我说：

"对不对，小傻瓜，你原先还不相信有这个地方呢。"

"可是，这个店太破烂了，真难看。"他扮了个鬼脸。

我的眼泪直在眼眶中打转转，真想赶快找到梦中的街景。可大街上空空的，商店关上了卷帘门窗，就像劳累了一天的人，合上了眼皮。一切都沉浸在一种温暖、平和的氛围里。

"别愣着，"我说，"快过去看看。"

我们站在"日本织补店"前，店外的金属帘子，就像我家女佣的短发一样整整齐齐，上面凸起一条条的波浪。帘子旁边的门虚掩着，我对弟弟说："还不快去敲门。"

正说着，门内一阵响动，我俩赶忙躲在一边，只见从里边走出了一个身材瘦小，眼睛大大的日本人。他关上门，我和小弟躲到了路灯后面，目不转睛地盯着他。他走了一段路，回身冲我们诡秘地一笑，我们的目光一直追随着他，直到他在路口拐了弯。

我俩默默不语。不一会儿，走来一个货郎，这才打断了我的思绪。忽然我觉得自己总算在弟弟面前出了个小风头，十分得意。我买了两块巧克力，给他一块大的，可他还在愣神，我俩木呆呆地回到家。小弟拿了本《匹诺曹在玩具国》一字一句地读起来。

时光流逝，玩具国在我暗淡的童年生活里像一点炫目的光斑，它给我留下的印象就好似灰色大衣中露出的鲜亮的衬里。我常在梦中回到小街。但渐渐地我长大了，小街变得模糊，匹诺曹也不能再吸引我。一次拳击老师带我们到那里的习武馆去过，使我知道了打拳不能单凭力气，还得靠技巧。那个年纪，我头一次穿上了长筒西裤，开始吸烟，"玩具国"几乎被遗忘了。对我来说，重要的是找出爸爸那本"百科字典"，查一查学校里大孩子谈笑间常说的时髦词儿。

再以后，我进了大学，也学着从黑市上买汽油用。那时，不修边幅的我十分自以为是。

我倒是经常去小街，尽管一切依旧如故，但它再也不是我心中的"玩具国"了。我只是在旧书店里搜索些书籍，既能增长知识，又能体面地摆上书架。但我丝毫没有留意黄昏退去时，摊点上的水果色泽鲜亮，橱窗里的小娃娃乖巧精致。对于我，似乎它们根本不存在。我只着迷于堆满书籍、落着尘土的书架，或许从中能翻出某个大文豪的著作。"玩具国"已经消失了，我根本想不起去看一看

"日本织补店"前闪烁的霓虹灯，哪怕只是一眼。

以后，我出国多年，终于有一天回到家乡，我问那时已是大学生的小弟："在哪里能弄到一本独一无二，并且让我着迷的书？"他狡黠地一笑说："在'玩具国'呀！"

而我，却茫然了……

世界散文精品集丛书

作者简介 ◆

巴勃鲁·聂鲁达

（1904－1973）

智利当代著名诗人。主要作品有《二十首情诗和一支绝望的歌》、《西班牙在我心中》和《诗歌总集》。

寻根者

爱伦堡读过也译过我的诗，他责怪我：你的诗里"根"太多，实在太多了。为什么写这么多的"根"呢？

确实。我的《回忆录》第四卷问世之前，就有人对我说了不少类似的话。这部回忆录就叫《寻根者》。

边境的土地把它的根伸进我的诗里，再也不能离去。我的一生便是一次漫长的漂泊，始终四处奔波，而且总是要回到南方的森林，回到那莽莽的林海。

在那里，参天大树有时在结结实实活了七百年后，竟倒了下来，有时被湍急的洪水连根拔起，有时被大雪冻伤，有时被大火焚毁。我听到过巨人般的大树在森林深处倒下的声音：栎树沉重倒下时发出天塌地陷般的响声，有如一只巨手在敲大地的门，要敲开一个墓穴。

可是，树根却暴露在地面上，任凭满怀敌意的时间、潮湿、地衣去宰割，遭受接连不断的摧残。

没有什么比那些受伤和遭焚的张大的巨手更美的了，这些巨手横在林间小径上，向我们诉说着埋在地下的树木的秘密，诉说着支撑枝叶、控制植物的奇异肌肉的奥秘。那些悲惨的粗硬的巨手，向我展示一种崭新的美，它们是具有深度的雕刻——大自然的神秘杰作。

胡利娅·罗赫尔斯夫人简直是个森林仙子，她把一根重一百公斤、年轮为五百年的树根，当作礼物送给我，所以使我又想起这一切。她的礼物立刻使我领会到，那些根都是属于我的一位亲人的，属于总以某种方式在我家里出现的植物之父的。曾几何时，我也许在山上听过它的劝告，听过它那沉重的飒飒声，听过它那清新的话语。过了这么多年之后，它们现在来到我的生活里，也许是要把它们的沉默传染给我。

啊，我的寻根者哟！

我可以想见她迎着花草的浓郁芳香，在湿润的腐殖土上寻觅的情景；智利南洋杉、柏树、智利肖楠像一座座高塔那样耸立在那里。想见她骑马穿过纷纷扬扬的雨丝，把脚插入烂泥里，听着短尾鹦鹉喉音很重的话语，每次为了找到更加粗实、更加盘根错节、更加诡谲的根，她把指甲都劈开了。

罗赫尔斯夫人写信告诉我，有些被连根拔起的大树，在旷野里听凭风吹雨打和隆冬的肆虐已达上百年。而这会赋予她所寻觅的杰作以伤痕累累的肢体、银灰的色调，尤其是会形成树根的那种粗硬的、令人心碎的庄严美。

南方的莽莽森林正渐渐被砍伐、焚毁，侵占一空。景色日益单调，披上一件"造纸厂"所需要的实业外衣。森林终于为一行行望不见尽头的、披着绿蓑衣的松树所取代。寻根者决心为我们保存的这些智利树根，也许有朝一日会像古生物大懒兽的颌骨那样成为文物。

我赞扬她的热情不仅仅因为这一点，还因为她为我揭示出形态神秘的大千世界，揭示出大地再次给予我们的美学教育。

几年前，我同西班牙诗人拉斐尔·阿尔维蒂在智利的奥索尔诺附近的瀑布、灌木丛和森林间散步，拉斐尔叫我注意看每一丛枝叶各不相同的形状，那里所有的叶片仿佛都在以千变万化的形状争奇斗艳。

"真像是植物风景画家为一个美不胜收的公园专门收集的。"他对我说。

甚至后来在罗马，拉斐尔还谈到那次散步，以及我国森林里绚丽多姿的自然景色。

先前是这样，而今则不然。我伤心地回想起青少年时期在博罗亚和卡拉韦之间的旅行，或是到托尔滕沿海山冈的漫游。有多少意外的发现哟！智利芳香木的清丽身姿以及它雨后散发的芬芳，地衣以及它挂在森林的无数"脸"上的雪白胡子。

我挪动那些落下来的"脸"，希望找到几只闪光的鞘翅目虫子，也就是那种披着闪色外衣，在树根下面跳小型芭蕾舞的步行虫。

后来，我骑马越过崇山峻岭驰向阿根廷一侧时，在参天大树形成的绿色拱顶下碰上一个障碍，那就是其中一棵树的根，它比我们的坐骑更高，阻断了我们的去路。我们费了九牛二虎之力，还动用了斧子，才得以通过。那些根像坍塌的教堂一样，其宏伟一经展现，便令人慑服。

以上的回忆，都是因为我想到那位新的热心的寻根者而引起的。她的工作很了不起，就像收集火山或晚霞一样。

始终出现在我诗中的那些根，确实像是会在地下穿行，追逐我而且赶上我那样，已经回来又安顿在我家里了。

作者简介 ◆

阿斯图里亚斯

（1899－1974）

危地马拉著名诗人、小说家。主要作品有《总统先生》、《危地马拉的周末》、《混血姑娘》、《多洛雷斯的星期五》等。

玻利维亚印象：土地、太阳和十字架

超自然的力量保护着生灵和万物。这种力量表现在这里，表现在那里，表现在更远的那边。超自然的力量就是这样，它表现在任何地方，并不因为帕恰马马山是人的化身，因为人们把太阳神当做人来崇拜以及十字架是新宗教的象征，而不在石头、太阳和木头上表现出来。印第安人是信教的，因此当他们跪在天主教圣像前，沉思着祖先的神灵时，他们是不难把这种性格表现出来的。这种仪式的气氛同这种自然是相符的，因为只有在这种自然中，他们的心结才会解开。在这种祈求神保佑的节日里以及在死者被埋葬、复活的坟地上，人们会神魂颠倒，人们会祈祷，其中有窃窃的细语，也有绝望的号叫。他们的亲戚和朋友会伴随着他们，给骨肉早成了泥土的人带去食品、精神饮料、衣服和古柯叶，放在坟地的旁边，好让他们吃了有力气，不挨饿。而那些人由于没有时间，晚上是不一定回来的。

但是，这种奢侈的排场，这种豪华的礼仪只有在那些朝圣的日子里、星期中才能在神庙里见到。路上挤满了朝圣的人。阵阵的爆竹声、远方的钟声，迎来了黎明。人们沿着美丽的湖畔行走，准备去那里吻科恰卡瓦纳圣母的双脚，这两只脚像第一流的花朵。吻了

一个爱尔兰城市的肖像

圣母的脚，就去的的喀喀湖的水边，跪着双膝呷一口圣湖的水，这口水会把圣母和太阳神这两个神的一些灵气带到自己心胸的深处，祝福他们健康和长寿。

有的路被深沟岔开了，有的穿过陡峭的山区，光秃秃、连绵不断的山脉和极其干旱的沙漠，通往苏克雷。苏克雷市随心所欲地裹着瓜德鲁普圣母看不见的躯体的宝石外衣给剥掉了，用它建成了庄严的教堂。在这场大雪中只有瓜德鲁普的这位印第安女人的脸免于遭难，因为这场雪下的是稻米般的珍珠、玉米粒般的珍珠。这些珍珠大得像天使的一节节手指，镶嵌在她的衣服上，使衣服闪闪发光。

巨大的红宝石像冰雹子，巨大的绿火翡翠像各种神奇的水晶，能吸光又能不可侵犯地把它变成紫晶、蓝宝石、石榴石、天青石和奇形的小珍珠。当人们把所有这些东西展示在苏克雷城的女保护神面前时，她在 1650 年这个好年头分开了双手，以防这个城市遭人破坏。

有的地方被咸水湖吞没了，但咸水湖会突然退潮。湖水急速地往后退，露出了一堆堆沙丘和一些软体动物的皮壳，让人充满幻想并感到空虚。太阳照进了水滩，石块间闪现出一道道晶莹的光芒。但是，随着深水底下一声巨响，普雷塞西奥雷克拉马多拉山拔地而起。能够把秘密藏在心底的镜子哪里去了呢？忠实地投影着寒冷而又五光十色的天空中的潮湿而又蔚蓝的彩云身姿的令人喜爱而又光洁的水面在哪里呢？

太阳照得暖烘烘的，但普雷塞西奥山要求把湖水还给它，而不是那种辉煌而又凄凉的雪光。它这一神圣的要求所得到的报答便是玻利维亚土地的深处埋藏着的珍贵的金属，这使这块土地让人充满了希望。

但是，谁会为人类着想呢？在这场物质交替的变化中，人能得到些什么呢？矿土在矿井里进进出出，但一次比一次更为盲目了。长眠的人也越来越年轻了。他们需要新的保护神，它们也终于来了。

在矿井口传说有一位神奇的圣母，有一天天亮时，就在井口附近，有人看到了索卡温圣母。她保护着一个光秃秃的村庄；这村庄悲惨得以梦幻和死亡为食。她是为残酷地剥削她的人服务的，是为真正的国王和金融寡头服务的，从她唯一的好处中挖出"被阴森森的影子削干净的财富"。

矿工在同他一样可怜的索卡温圣母的两只脚边放了些古柯叶和几个银圈。他庆祝他命名日的声音，就像在白雪般洁白无比的教堂中一只巨大的风琴所奏出的笛子曲。宣布仪式和节日开始的钟声在回荡。而在充满狂欢节欢乐气氛的钟声中，天使和恶魔会进行整天整夜的搏斗。

这是一场疯狂的风暴，这风暴是由于撒在跳舞人身上的水制镜子碎片、落在神甫头上的扇形羽毛、扑不灭的太阳之火、豪华的典礼、热土以及不幸和血淋淋的基督和一个三头形象的上帝的梦魇所造成的。在这种形态里，由于在使印第安人继续崇拜的心地善良的人的躯体中没有圣灵，因而代表着特立尼达。

这种尘世间上帝和宗教信仰的错综复杂的关系在时间上是没有结尾的，并且在这个高原上的居民的理想中依然存在，他们抛弃了同他们周围进行直接联系的念头。在他劳动的同时，在他默默无声的祈祷中，他的汗珠将呈给土地作为虔诚的贡品。他也应该崇拜太阳神——白日之父。它现在全身隐藏在湖面上面布满星星的夜晚的黑洞里。星星倒映在水中，就像一幅高低不平的银制宗教故事画，圣母的航海员和圣像以及基督十字架。他们也在大海上航行，以便来到这个国度——这里的村镇和地区在大地上伸开臂膀仰望着太阳神。

作者简介 ❖

德富芦花

（1868－1927）

日本小说家，散文家。主要作品有小说《不如归》、《黑潮》，随笔集《自然与人生》、《蚯蚓的梦呓》。

断 崖

一

从某小祠到某渔村有一条小道。路上有一处断崖。其间二百多丈长的羊肠小径，从绝壁边通过。上是悬崖，下是大海。行人稍有一步之差，便会从数十丈高的绝壁上翻落到海里，被海里的岩石撞碎头颅，被乱如女鬼头发的海藻缠住手脚。身子一旦堕入冰冷的深潭，就会浑身麻木，默默死去，无人知晓。

断崖，断崖，人生处处多断崖！

二

某年某月某日，有两个人站在这绝壁边的小道上。

后边的是"他"。他是我的朋友，竹马之友——也是我的敌人，不共戴天之敌。

他和我同乡，生于同年同月，共同荡一只秋千，共同读一所小学，共同争夺一位少女。起初是朋友，更是兄弟，不，比兄弟还亲。而今却变成仇敌——不共戴天的仇敌。

"他"成功了，"我"失败了。同样的马，从同一个起跑线上出发，是因为足力不同吗？一旦奔跑起来，那匹马落后了，这匹马领先了。有的偏离跑道，越出了范围，有的摔倒在地。真正平安无事跑到前头，获得优胜的是极少数。人生也是这样。

在人生的赛马场上，"他"成功了，"我"失败了。

他踏着坦荡的路，获取了现今的地位。他的家丰盈富足，他的父母疼爱他。他从小学经初中、高中、大学，又考取了研究生，取得了博士学位。他有了地位，得到了官职，聚敛了这么多财富。而财富往往使人赢得难于到手的名誉。

当"他"沿着成功的阶梯攀登时，"我"却顺着失败的阶梯下滑。家中的财富在日渐减少。父母不久也相继去世。未到十三岁，就只得独立生活了。然而，我有一个不朽的欲念。我要努力奋斗，自强不息。可是正当我临近毕业的时候，剥蚀我生命的肺病突然袭上身来。一位好心肠的外国人，可怜我的病体，在他回国时，把我带到那个气候和暖、空气清新的国家去了。病状逐渐减轻。我在这位恩人的监督下，准备功课打算投考大学，谁知恩人突然得急症死了。于是我孑然一身，漂流异乡。我屈身去做佣人，挣了钱想寻个求学的地方。这时，病又犯了，只得返回故国。在走投无路、欲死未死的当儿，又找到了一个活路。我做了一名翻译，跟着一个外国人，来到了海水浴场，而且同二十年前的"他"相遇了。

二十年前，我俩在小学校的大门前分手，二十年后再度相逢。他成了明治天下一名地位煊赫的要人，而我是一名半死不活的翻译。二十年的岁月，把他捧上成功的宝座，把我推进失败的深渊。

我能心悦诚服吗？

成功能把一切都变成金钱。失败者低垂的头颅尽遭蹂躏。胜利者的一举一动都被称为美德。"他"以未曾忘记故旧而自诩，对我以"你"相称，谈起往事乐呵呵的，一提到新鲜事，就说一声"对不起"。但是他却显得洋洋自得，满脸挂着轻蔑的神色。

我能心悦诚服吗？

我被邀请去参观他的避暑住居。他儿女满堂，夫人出来行礼，长得如花似玉。谁能想到这就是我同"他"当年争夺的那位少女。

我能心悦诚服吗？

不幸虽是命中注定，但背负着不幸的包袱却是容易的吗？不实现志愿绝不止息。未成家，未成名，孤影飘零，将半死不活的身子寄于人世，即使是命中注定，也不甘休。然而现在"我"的前边站着"他"。我记得过去的"他"，并且我看到"他"正在嘲笑如今的"我"。我使自己背上了包袱，他在嘲笑这样的包袱。怒骂可以忍受，冷笑无法忍受。天在对我冷笑，"他"在对我冷笑。

不是说天是有情的吗？我心中怎能不愤怒呢？

<h1 style="text-align:center">三</h1>

某月某日，"他"和"我"站在绝壁的道路上。

他在前，我在后，相距只有两步。他在饶舌，我在沉默。他甩着肥胖的肩膀走着，我拖着枯瘦的身体一步一步喘息、咳嗽。

我的眼睛不由自主向绝壁下面张望。断崖十仞，碧潭百尺。只要动一下指头，壁上的"人"就会化做潭底的"鬼"。

我掉转头，眼睛依然望着潭下。我终于冷笑了，瞧着他那宽阔的背，一直凝视着，一直冷笑着。

突然一阵响动。一声惊叫进入我的耳孔，他的身子已经滑下崖头。为了不使自己坠落下去，他拼命抓住一把茅草。手虽然抓住了茅草，身子却悬在空中。

"你！"

就在这一秒之内，他那苍白的脸上，骤然掠过恐怖、失望和哀怨之隋。

就在这一秒之内，我站在绝壁之上，心中顿时涌起过去和未来复仇的快感、怜悯。各种复杂的情绪在心中搏击着。

我俯视着他，伫立不动。

"你！"他哀叫着拽住那把茅草。茅草发出沙沙响声，根子眼看要拔掉了。

刹那之间，我趴在绝壁的小道上，顾不得病弱的身子，鼓足力气把他拖了上来。

我面红耳赤，他脸色苍白。一分钟后，我俩相向站在绝壁之上。

他怅然若失地站了片刻，伸出血淋淋的手同我相握。

我缩回手来，抚摩一下剧烈跳动的胸口，站起身来，又瞧了瞧颤抖的手。

得救的，是他，不是我吗？

我再一次凝视着自己的手。

四

翌日，我独自站在绝壁的道路上，感谢上天，是它搭救了我。

断崖十仞，碧潭百尺。

啊，昨天我曾经站在这座断崖之上吗？这难道不就是我一生的断崖吗？

作者简介 ◆

国木田独步

（1871－1908）

日本小说家、诗人。主要著有《武藏野》、《独步集》、《命运》、《涛声》、《独步集续编》等小说集。

篝　火

　　我背着北风，在遍布枯草和白沙的山峰上，伸出两脚席地而坐，目送着远方伊豆山上落日的余晖。在我那童稚的心里，为迟迟不见父亲的船从海上归来而焦急，那冷清、幽怨之情，实在无法形容。御最后川岸边茂密的枯芦苇，在海风中抖动，它们的根部，由于半夜涨潮结上了冰，冰又因落潮而残破，整天不化，在暮霭笼罩的岸边画出了一条白线。如果有行人路经此地，停下他那疲乏的两脚，无意中向周围环视一下的话，谁又能无动于衷地离去呢？而那边是在七百年后的今日仍令人兴叹的六代贵人的森林。秋风在林木梢头呼啸。

　　在沼泽地中间的那漂浮着落叶缓缓流动的小河里，逆流而上的小舟上不时传来悦耳的民谣声，预告霜夜的降临。不对，不对，是一个不说、不笑、不唱、也不知是农夫还是渔夫的男孩子，在凄凉地摇着橹。肩扛锄头的农夫和小桥的影子，朦胧地倒泻在河水中，那只小舟驶过，无声无息地将它们搅碎。眼见小舟隐没到芦苇后面去了。

　　日影憧憧，两个乡下的年轻人，骑在溜光的马背上，在河口的浅滩上静静地走过，这景色宛如一幅图画。这时，纵目望去，海边无一人影，原来落在被拖上岸的船的船头上的乌鸦，阴郁地拍打着翅膀，朝镰仓方向飞去。某年十二月末，年关虽已迫近，但孩子们是无忧无虑的，最大的三十岁，最小的九岁，有七八个孩子聚集在沙山脚下，好像在七嘴八舌地议论着什么。有的站着，有的把胳臂肘埋在沙子里，有的用手支着面颊，也有的坐着。这时太阳已经西沉。

他们商量完毕，便马上沿着海浪拍击的岸边纷纷奔跑起来。从港汊的这一端到那一端，分散开来。退潮后，在海滩上留下了朽烂的板子、缺边儿的木碗、竹片、木片，断了柄的勺子等各种各样的东西。全是前天夜里狂风巨浪的遗留物。

孩子们把这些东西一一收集起来，拿到离开海岸的合适地点去，选了个沙地平坦的地方堆积起来，被堆放的这些破烂东西全都是湿漉漉的。

在这寒冷的黄昏时分，孩子们要干什么呢？日没后已过了一段时间，笼罩着箱根山脚的云彩被染成金黄色。向小坪湾返回的渔船，随着风势减弱，离陆地越来越近，旋即落下船帆，摆了过来。

一个圆脸的孩子，虽皮肤黧黑，但非常可爱。他拾到一个玻璃已碎的镜框子，烧它心中还有些割舍不得的样子。这群孩子中一个年岁大些的说："那么，那个准好烧！"说着搬过一段他几乎拿不动的粗原木，圆脸的孩子说："那原木烧不着！"岁数大的孩子坚持认为能烧着，还大发雷霆。旁边又有一个孩子高兴地大嚷："今天捡来的东西比哪天都多！"

孩子们是想焚烧这些捡来的东西，当看到那通红的火焰时，会使他们感到狂喜；跑着从火堆上一跃而过，更会使他们感到得意。这回他们又从沙山那面收集来一些枯草之类的东西。年岁大些的孩子，先点燃这些易燃物，孩子们围着火站成一个圆圈儿，焦急地等待着听到竹子爆裂的响声。然而仅有枯草在燃烧，木头和竹子都不易燃烧，烧着了又灭掉，唯有浓烟滚滚升起，就是镜框也不过烧着一点，从原木的头上发出怪声，直冒热气。孩子们轮流地把头顶在地上，撅着嘴吹，烟刮进眼里，个个都像在哭泣。

海面已暗下来了，江岛的影子变得模糊不清。只能听见落潮后的海滩上空有许多鸟在鸣叫，那叫声凄婉动人。它们的身影似乎已无法辨识，其实，在暮霭中一个个动乱的白点就是它们。匆匆忙忙飞过去的鹬，是从芦草丛中飞出来的。

这时，一个孩子忽然喊叫起来，"看呀！看呀！伊豆山上的火着了，为什么我们的还点不着呢？"孩子们全站了起来，凝望着海面的远方。现在隔着相模湾，远处出现了一两点光，像鬼火般忽明忽灭，摇摆不定。这是伊豆山上的人在放野火。当商旅之人叹日暮路远之际，遥望着它流泪的便是这火。

"伊豆山在燃烧，伊豆山在燃烧……"孩子们唱起了好听的童谣。他们望着海面，拍着手，尽情地跳舞。这无罪的歌声响彻荒凉的海滨。海浪应和着歌声自港汉南面画成一条白线，发出窃窃私语般的声音，涌了过来。开始涨潮了。

"这么冷，天都黑了，还想在海边上玩到什么时候！"这喊声从沙山那面传了过来。可是孩子们的心早已飞到伊豆山上的火光那里去了，没人听见这声音。"还不回来！还不回来！"又接连传来两三嗓子，一个幼小的孩子听见了妈妈在喊："你不要家啦？还不回来！"便马上朝山那面跑了过去。于是，剩下的孩子一面喊着，"没有了！没有了！"一面争先恐后地也朝山上跑。

那个年岁大些的孩子似乎为没能点着火感到有些遗憾，一面频频回头看，一面奔跑。来到山顶，就要朝山那面下坡时，又回头看了一眼，只见闪闪的火光射进眼里。他喊了句："这是怎么搞的，我们的火烧起来了！"一听到他的喊声，孩子们又都惊奇地跑回山顶，站成一排，俯视着山下面。

一直燃烧不起来的捡来的木头，被风吹得冒起火来，一缕浓烟袅袅升起，吐出的红色火舌忽隐忽现，听得见竹子的爆裂声，火苗蹿得老高，火势很旺。然而孩子们没再回到火堆旁来，只是一面兴高采烈地拍着手，一面大声地欢呼着，一齐朝沙山脚下回家的路径奔跑。

现在，海也暗了，海滨也暗了，进入了寂寞的冬夜。在这寂静的逗子海滨，没主的篝火静悄悄地燃烧着。

忽然，有个黑影沿着海边径直朝篝火走来。原来是个老年的行人。他刚刚渡过御最后川的海滨，想再顺着海滨到小坪衔里去，他一望见火，便迈开步子小跑般疾走，发出沉重的足音。

他用那嘶哑的嗓子，轻轻喊了声："好火呀！"便扔下拐棍，匆忙放下背上背着的小包袱，先把双手伸到火焰上边去烤。那手在颤抖，那双膝也在颤抖。"今天晚上多么冷呀！"他说这话时，牙齿都好像冷得合不拢了。红红的火焰照着他的脸，脸上刻着很深的皱纹，眼睛塌陷下去，目光浑浊而又迟钝，须发花白、沾满灰尘，鼻子尖发红，面色如土。这可怜的人来自来自何处呢？他又奔向何方呢？也许是漫无目标的流浪吧！

"今天晚上多么冷呀！"当他自言自语时，全身似乎有意地颤抖着。然后他用那烤热了的手掌，痛快地搓一搓脸。他那多处绽出旧棉絮的褴褛的衣裳一挨近火，便从下襟冒出了热气。这是因为被早晨的雨水淋湿，至今还没来得及晒干的缘故。

"啊——好称心的火呀！"说着，老人把扔在地上的拐杖拾将起来，用它支撑着身子，抬起一只脚来，放在火上烤。藏青色的绑腿和布袜子已经褪了色，而且从窟窿里露出没血色的小脚趾来，竹子爆裂发出一声巨响，火势陡地旺了起来，险些烧焦他的脚。但老翁仍不肯收回他的脚。

"这称心如意的火是谁点的呢？真叫人感激不尽呀！"说了这么一句之后，他收回了脚。"自从十年前，离开了温暖的炕炉以来，还没遇见过这么叫人欢喜的火呢！"说这话时，他那注视着篝火的目光好像望着遥远处的什么东西。这火里似乎原样地画出了往昔炕炉的火，清楚地浮现出儿孙们的脸。"过去的火可喜，现在的火可悲，不，不，过去是过去，现在是现在，多么称心如意的火呀！"说这话时的声音里带着颤抖。他粗鲁地丢开拐杖，背向着火，面对着海，挺直身子，用两个拳头捶腰。仰望苍穹，夜空漆黑而爽朗，银河裹带着寒霜，一直垂挂到遥远的伊豆岬角下。

浑身暖烘烘的，沾满泥土的衣服下襟和袖子全烘干了。啊——这火呀！是谁点的呢？是为了谁呢？如今老翁的心里充满感激之情，老眼里噙满泪花。大海上无风无浪，听得见潮水浸泡海沙的声音。老翁合上眼睛谛听。在这一刹那，忘记了浪迹天涯旅途中的困顿劳乏和无依无助。老翁此刻的心再度驰返回逝去的童年。

可惜这火，即将渐渐地熄灭。竹子烧尽了，木板也烧尽了，只有那段粗原木还冒着炽烈的火苗。然而老翁已不再为此感到惋惜，只是为即将离去而惋惜。他把两臂圈起，像要去抱什么似的连胸都贴近了火，不断地眨巴着眼睛。然后伸了伸腰，往前走两三步又折返回来，把烧剩下的碎木头收到一起都添到火上去，眼看着那火复又烧旺的样子，开心地绽开了笑颜。

老翁走后，火发出红光，在寂寞的黑夜里奄奄一息地燃烧着。夜深，潮涨，孩子们点起的篝火也好，流浪老人的足迹也好，永远地消失在波涛之下了。

作者简介 ◆

井上靖

（1907 – 1991）

日本著名作家。其代表作有《天平之甍》、《楼兰》、《敦煌》、《苍狼》。

古九谷瓷瓶

　　桑木大二郎在能登半岛 W 镇看到一只古九谷小瓷瓶，还附有鉴定标志，证明是宽文年代的珍品。这是十多年以前的事了。

　　那时，大二郎结婚还只有两三年光景，现在大女儿已经上中学了。他是因公司的事，出差到 W 镇。这是个渔镇，全镇弥漫着鱼腥味儿。

　　他在一家古董商店不太整洁的橱窗里发现这只红花小瓷瓶时，异常惊奇，心想要是能亲手托着欣赏一下，那该有多美呀！

　　一问价钱，回答是五百元。

　　"五百元！"

　　对于月薪只有七十元的他来说，价钱实在太高了。

　　"要是两百元么，倒还可以……"

　　"别开玩笑。在古九谷瓷器中，它也算是最古老的，这可是我家的传家宝啊！"

　　一眼可以看出，这位四十开外的商人脾气执拗，即使让他减一分钱也是不会答应的。

　　说起来兴许有些夸张吧。实际上，桑木大二郎自从在能登半岛 W 镇上见到古九谷瓷瓶到如今，十年中简直是被迷住了心窍。他曾先后五次借口有公事跑到 W 镇，欣赏这个古瓷瓶。他越看越想买，然而对

于工资微薄的他来说，那瓷瓶真不啻是悬崖峭壁上的一朵鲜花。

最近一次，即第五次看到那只古瓶，是在前年夏天。不管时代怎样变迁，只有那只瓷瓶依旧装饰在临海的不太干净的橱窗里，只是十年前五百元的价钱涨到七万元。

据物主说，十年中间，这里遭到过一次海啸袭击，近期失火一次，即便在这种时候，最先被抢出屋子的总是这个瓷瓶。在战争打得最激烈的时候，他还专门修了一座水泥防空洞收藏它呢。

从前年夏天至今的整整两年中，桑木大二郎在生活上节衣缩食，连旁人都觉得他实在可怜。这是由于大二郎已下定决心，说什么也得从本来就够拮据的开支中挤出七万元钱来。

为了能登半岛上的这只瓷瓶，他的妻子连尼龙圆裙都舍不得买一条。大女儿竟连郊游也都不能去了。有时，大二郎也想过，这样做，大人孩子真可怜。可他自己也戒了烟酒，和同事的交际应酬之类的一切都给免掉了，为瓷瓶他什么都不惜牺牲。

这样，他好不容易凑齐了七万元钱，摆在那家古董店脏乱程度与当年无二的柜台上。

"其实，我也是最近才听说的，这是假的呀，前些日子，家父去世十三周年那天，母亲告诉我，父亲在世时说过，那是假的，于是，我拿到金泽市，请大学的先生鉴定，果真是假的！"

十年前满头蓬松的乌发如今一根不剩的店主，仿佛有些过意不去似的说完后，脸上泛起一丝苦笑。

大二郎一听说那是假的，顿时觉得瓷瓶黯然失色。但是，一想起这十年来的执著，这两年的苦日子，他还是想弄到手。然而，物主却执意不肯脱手，尽管得知它不是真品，对它有些漫不经心，却似乎依然对它怀有一种莫名其妙的偏爱。

结果，大二郎两千元成交。这价格，比真货便宜，但比赝品要贵。当夜，他和店主把瓷瓶放在中间，一起对饮。

不知为什么，两人只是默默无言地举杯，直到皎月临窗。

作者简介 ◆

东山魁夷

(1908－1999)

日本风景画家、散文家。他的主要散文集有《与风景对话》、《听泉》、《我的窗》、《京洛四季——美之旅》、《六只彩笔》、《中国纪行——水墨画的世界》。

圆山·舞伎·红叶

圆山

东山浸在碧青的暮霭里，樱花以东山为背景，缭乱地开放，散发着清芬。这株垂樱，仿佛紫聚着整个京华盛春的美景。

枝条上坠满了数不清的淡红的璎珞，地上没有一片落花。

山顶明净。月儿刚刚探出头来。又圆又大的月亮，静静地浮上绛紫的天空。

这时，花仰望着月。

月也看着花。

樱树周围，那小型的彩灯，篝火的红焰，杂沓的人景，所有的一切，都从地面上销声匿迹了，只剩下月和花的天地。

这就是所谓的有缘之遇吗？

这就是所谓的生命吗？

舞伎

赏花小路旁的红格子窗上，挂着染有一连串白色圆纹的京都产的红灯笼。我喜欢那灯笼的精巧。那红色之所以同样逗人喜爱，或

一个爱尔兰城市的肖像

许是因为色调沉静，并以那暗淡的房屋为背景的缘故吧。夜，每逢掌灯的时候，显得更美了。

四个舞伎在跳舞。背景只有夜的黑暗。然而，这黑暗是豪奢的黑暗。这座高台寺小吃部的庭院，长着伟岸的松林，铺着白色的沙石，同东山陡峭的斜坡联结着。客厅内的灯光迷蒙地照耀着幽邃的松树和山岭。那松林的重叠和幽深，看上去仿佛是无限的黑暗的延续。舞伎的白脸、手足，华丽的衣裳、发饰，优雅的舞姿，将外头的黑暗映衬得又浓又深了。

舞伎们在黑暗里漂浮着，使得极为洗练的悲哀涂上一层梦幻般的馨香的色彩。

红叶

沿清泷川于红叶的朱红与金黄的光耀之中，攀登着长长的石阶到神护寺去。这座寺院位于高山之上，它是一曲朱红与金黄的交响乐。金堂内有雄浑的弘仁佛像。从地藏院后面的断崖上向远方眺望。高山寺的石水院。逆光将红叶映照得净明透亮。这红叶以对岸山峦斜坡上暗淡的浓紫色为背景，更增添了华美艳丽的光辉。坐在石水院的边缘上，隔着山谷望着长满松林的山峰，想象着打那座山上升起清艳的月亮的情景。

落柿舍，二尊院，祇王寺，直指庵。嵯峨野的秋深了，在秋的情韵上增添了光彩和寂静。

我曾经访问过晚秋的苔寺。苔藓上散落着鲜亮的红叶。林泉飘荡着幽深的古拙的色调，静谧而优美。多少年了啊，这秋日的苔寺一直留在近乎废园的岑寂之中。这时尚未被一群群观光客践踏过呢！

山城的光明寺，从枫树下边穿过去的一条小道就通向那里。

在洛东，最为有名的当数东福寺的通天桥，但那里的溪流也不同往昔，变得越发没有意趣了。此时的红叶到底怎么样呢？有一年我去看了看，没有欣赏到美丽的景观。

鹿之谷的法然院。杉树高耸的幽暗而潮湿的道路。茅草葺顶的小门，出现在微微高起的石阶上头。红叶散落在本堂庭院的绿苔上，或倒映于池水之中。花儿落在本尊如来须弥坛下的石板上，石板揩拭得明如镜面。花儿在上面倒映出倩影来。

诗仙堂一棵古老的山茶树盛开着鲜花。庭院一隅的竹林旁，柿树的红叶美艳无比。

曼殊院的庭院，白沙铺地，苔藓，石头，松树，红叶，这些色彩形成了鲜明的对比。白沙和苔藓，是明朗的白色同阴暗的浓绿的对照，红叶和松树，朱红和青绿冷暖相对，这是色彩效果的高度发挥。这种鲜烈的色彩对照，再加上石头沉滞的暗灰的中间色，更显得娴静而高雅。

赤山禅院的红叶红得更加美妙动人。旁边的大池子富有别样的韵味。红叶的红和大池子的韵味倒也相映成趣。

大原里艳红的柿树下，耸立着陡峭的三角形的茅草屋脊，山墙用竹子编成网眼状，有的还写着大"水"字。秋风吹响了竹林。三千院红叶散落时最美。往生极乐院的阿弥陀如来座下，跪坐着两尊菩萨。庭院内杉木林立，笼着雾霭，霜降时节，落叶铺满庭院，给这寺院增添了静寂。寂光院也是一样。

大德寺高桐院生长绿苔的庭院里，植满了枫树，还有一个静静的石灯笼。这座庭院可以平静人们的心性。

作者简介 ❖

奥修

（1931－1990）

印度当代著名哲学家。主要作品有《谭崔的地图》、《灵魂的科学》、《智慧奥秘》等。

沙的故事

有一条河流，它发源于一个很远的山区，流经各式各样的乡野，最后它流到了沙漠。就如它跨过了从前的每一个障碍，这条河流也试着要去跨越这个沙漠，但是当它进入那些沙子里，它发觉它的水消失了。然而它被说服说它的命运就是要去横越这个沙漠，但是无路可走。就在这个时候，有一个来自沙漠本身隐藏的声音在耳语："风能够横越沙漠，所以河流也能够。"

河流继续往沙子里面冲，但是都被吸收了。风可以飞，所以它能够横越沙漠。

"以你惯常的方式向前冲，你无法跨越，你不是消失就是变成沼泽，你必须让风带领你到达你的目的地。"

"但是这要怎么样才能够发生？"

"借着让你自己被风所吸收。"

这个概念无法被河流所接受，毕竟它以前从来没有被吸收过，它不想失去它的个性。一旦失去了它，河流怎么知道它能否再度形成一条河流？

沙子说："风可以来执行这项任务。它把水带上来，带着它越过沙漠，然后再让它掉下来。它以雨水的形式掉下来，然后那些雨水再汇集成一条河流。"

"我怎么能够知道它真的会这样呢?"

"它的确如此。如果你不相信,你一定会处于绝境,最多你只能够成为一个沼泽,而即使要成为一个沼泽也必须花上很多很多年的时间,而它绝对跟河流不一样。"

"但我是不是能够成为先前的那条河流呢?"

那个耳语说:"在这两种情况下你都无法保持。

"你本质的部分会被带走而再度形成一条河流。即使现在,你之所以被称为现在的你,也是因为你不知道哪一个部分的你是本质的部分。"

当河流听到这个,有某些回音开始在它的脑海中升起。在朦胧之中,它想起了一个状态,在那个状态下,它,或是一部分的它曾经被风的手臂拉着,的确有这么一回事吗?河流仍然不敢确定。它似乎同时想到这是一件它真正要去做的事,虽然不见得是一件很明显的事。

河流升起它的蒸气,进入了风儿欢迎的手臂。风儿温和地、而且轻易地带着它一起向前走。当它们到达远处山顶的时候,风儿就让它轻轻地落下来。

由于它曾经怀疑过,所以河流在它自己的头脑里能够深刻地记住那个曾有过的细节。

它想:"是的,现在我已经学到了真正的认同。"

河流在学习,而沙子在耳语:"我们知道,因为我们每天都看到它在发生,因为我们沙子从河边一直延伸到山区。"

那就是为什么有人说:生命的河流要继续走下去的道路就写在沙子上。

作者简介 ❖

泰戈尔

（1861－1941）

印度诗人、哲学家。主要作品有诗集《园丁集》、《新月集》、《边缘集》、《飞鸟集》、《吉檀迦利》，散文《中国的谈话》、《俄罗斯书简》等。

# 对 岸

我渴望到河的对岸去，在那边，好些船只一排儿系在竹竿上；人们在早晨乘船渡过那边去，肩上扛着犁头，去耕耘他们的远处的田；在那边，牧人赶着他们鸣叫着的牛游泳到河旁的牧场去；黄昏的时候，他们都回家，只留下豺狼在这满长着野草的岛上哀叫。

妈妈，如果你不在意，我长大的时候，要做这渡船的船夫。

据说有好些古怪的池塘藏在这个高岸之后。

雨过去了，一群一群的野鸟飞到那里去。茂盛的芦苇在岸边四周生长，水鸟在那里生蛋；竹鸡带着跳舞的尾巴，将它们细小的足印印在洁净的软泥上；黄昏的时候，长草顶着白花，邀月光在长草的波浪上浮游。

妈妈，如果你不在意，我长大的时候，要做这渡船的船夫。

我要自此岸至彼岸，渡过来，渡过去，所有村中正在那儿沐浴的男孩女孩，都要诧异地望着我。太阳升到中天，早晨变为正午，我将跑到你那里，说道："妈妈，我饿了！"

一天完了，影子俯伏在树底下，我便要在黄昏中回家来。

我将永不像爸爸那样，离开你到城里去做事。

妈妈，如果你不在意，我长大的时候，要做这渡船的船夫。

作者简介 ◆

纪伯伦

（1883－1931）

黎巴嫩阿拉伯诗人、作家、画家。主要作品有《我的心灵告诫我》、《先知》、《论友谊》等。

沙与沫

诗不是一种表白出来的意见。它是从一个伤口或是一个笑口涌出的一首歌曲。

如果你歌颂美，即使你是在沙漠中心，你也会有听众。

诗是迷醉心怀的智慧。

智慧是心思里歌唱的诗。

如果我们能够迷醉人的心怀，同时也在他的心思中歌唱，

那么他就真的在神的影中生活了。

灵感总是歌唱；灵感从不解释。

能唱出我们的沉默的，是一个伟大的歌唱家。

他们说夜莺唱着恋歌的时候，把刺扎进自己的胸膛。

我们也都是这样的。不这样我们还能唱歌吗？

在母亲心里沉默着的诗歌，在她孩子的唇上唱了出来。

当你达到生命的中心的时候，你将在万物中甚至于在看不见美的人的眼睛里，也会找到美。

友谊永远是一个甜柔的责任，从来不是一种机会。

当你背向太阳的时候，你只看到自己的影子。

慈善的狼对天真的羊说："你不光临寒舍吗？"

羊回答说："我们将以造府为荣，如果你的府第不在你肚子里的话。"

能把手指放在善恶分野的地方的人，就是能够摸到上帝圣袍的边缘的人。

怜悯只是半斤公平。

把唇上的微笑来遮掩眼里的憎恨的人是多么愚蠢啊！

奇怪的是，你竟可怜那脚下慢的人，而不可怜那心里慢的人。

可怜那盲于目的人，而不可怜那盲于心的人。

你要人们用你的翅翼飞翔，而却连一根羽毛也拿不出的时候，你是多么轻率啊。

我宁可做人类中有梦想和有完成梦想愿望的、最渺小的人，而不愿做一个最伟大的、无梦想无愿望的人。

我曾对一条小溪谈到大海，小溪认为我只是一个幻想的夸张者；

我也曾对大海谈到小溪，大海认为我只是一个低估的毁谤者。

一场争论可能是两个心思之间的捷径。

当智慧骄傲到不肯哭泣，庄严到不肯欢笑，自满到不肯看人的时候，就不成为智慧了。

执拗的人是一个极聋的演说家。

妒忌的沉默是太吵闹了。

一个羞赧的失败比一次骄傲的成功还要高贵。

在任何一块土地上挖掘，你都会找到珍宝，不过你必须以农民的信心去挖掘。

他们对我说："你能自知，你就能了解所有的人。"

一个哲学家对一个清道夫说："我可怜你，你的工作又苦又脏。"

清道夫说："谢谢你，先生。请告诉我，你做什么工作？"

哲学家回答说："我研究人的心思、行为和愿望。"

清道夫一面扫街一面微笑说："我也可怜你。"

愿望是半个生命，淡漠是半个死亡。

只在一个变戏法的人接不到球的时候，他才能吸引我。

作者简介 ❖

努埃曼

（1889 - 1988）

黎巴嫩作家、文艺评论家。主要作品有短篇小说有礼物《豪绅》、《不育者》、《又一年》，中篇小说《相会》，诗集《眼睑的私语》等。

你是人

你是人，带着他的一切。

你是其始，亦是其终。由你，他的清泉涌溢。向着你，他的溪水流淌。在你身上，他注入了人性。

你是他的治者与被治者，施虐者与受虐者，摧毁者与被毁者。

你是他的施主与受赠人，是他的钉人于十字架者与被钉于十字架者。

你是他的贫者与富者，弱者与强者，显现者与隐遁者。

你是他的行刑者与受刑者，批评者与受批评者，嫉妒者与被嫉妒者。

你是他的高尚者与卑贱者，圣徒与罪人，天使与魔鬼。

你是每一位父亲和母亲的儿子，是每一位兄弟和姐妹的父亲。我来自于你。我逃不开你，你逃不开我，因为你就是我，我就是你，我俩即全人类。

如果没有你，便没有我之为我；如果没有我，便没有你之为你；如果没有我们，便没有他人之为他。

如果没有先于我们者，便没有我们；如果没有我们，便没有广阔时空中的任何一个人。

在你邻居的心中有幸福么？——你何不以他的幸福而高兴呢！

一个爱尔兰城市的肖像

因为在他的织品中有你灵魂织出的线。你邻居的眼睛看到还是没有看到这条线，你均无须忧虑，因为那看到一切的眼睛，已看到了它。

在你邻居的心中有一团火吗？——那就让你的心因这团火而燃烧！因为在这团火中，有从你的憎恨与轻蔑的炉火中迸出的一颗火星。

在你邻居的眼中有泪珠吗？——那就让你的眼借它而流泪吧！因为在这泪珠中，有你的一粒残酷之盐。

在你邻居的脸上有笑容吗？——那就让你的脸对它发出微笑吧！因为在它的甜蜜中，有你的爱发出的光。

你的邻居因犯下的一条罪行而入狱了吗？——你何不把你心中的一部分遣入监牢和他同囚？因为你是他罪行的同犯，尽管合法的权力未曾用法律对你进行审判，而同你一样的一个人也没有被判入狱。

昨天，我看见你在跳舞，且在人群中高喊："鼓掌呀！鼓掌！"难道你不认为，在你身上的欢畅的生命，只有当他人身上的生命欢乐向其鼓掌时才起舞么？

当别人跳舞你不鼓掌时，你在想着什么？

昨天，我听见你在诉苦，痛哭："人们啊，听我讲！人们啊，公正地对待我吧，我是被冤枉的！"

如果不是向那些人本身讨公平，那你还能向谁去讨公平呢？如果说你向人们控诉世人，那你为什么不倾听他们向你的控诉和向你本人寻求公正的声音呢？

昨天，我看见你在计算自己的利润，你踌躇满志，且对自己的聪明才智大为赞赏。我没听见你说："这是赚别人的钱。"今天，我看见你在计算自己的损失，诅咒着别人的精明狡猾。我却听见你说："这是别人抢我的。"你难道对自己成为生活中的股东——"投机商"——不感到羞愧吗？

你是人，带着他的全部一切。对此，不论你知道还是不知道。我是你的图像和标本。除非你能从自身逃出，那你能从我这儿逃到何处呢？

如果你能逃出自身，那你是谁呢？